O SIGNO DOS 4

Arthur Conan Doyle

O SIGNO DOS 4

TRADUÇÃO
UBK Publishing House

ubook ubk Publishing House

ubook ubk
Publishing House

COPIDESQUE André Caniato
REVISÃO Bia Seilhe | Victor Almeida
CAPA E PROJETO GRÁFICO Bruno Santos
IMAGEM DA CAPA Silhueta: Oleg Yakovlev/Shutterstock
Fundo: gstudioimagen/Freepik

Dados Internacionais de Catalogação na Publicação (CIP)
(Câmara Brasileira do Livro, SP, Brasil)

Doyle, Arthur Conan, 1859-1930
O signo dos quatro / Arthur Conan Doyle ; tradução UBK Publishing House. -- Rio de Janeiro : Ubook Editora, 2020.

Título original: The sign of the four
ISBN 978-65-990728-3-3

1. Ficção policial e de mistério (Literatura inglesa) 2. Holmes, Sherlock (Personagem fictício) I. Título.

20-34803 CDD-823.0872

Ubook Editora S.A
Av. das Américas, 500, Bloco 12, Salas 303/304,
Barra da Tijuca, Rio de Janeiro/RJ.
Cep.: 22.640-100
Tel.: (21) 3570-8150

CAPÍTULO I

A CIÊNCIA DA DEDUÇÃO

Sherlock Holmes pegou o frasco no canto da lareira e a seringa hipodérmica dentro de sua elegante mala de marroquim. Com os dedos longos, brancos e nervosos, ajustou a agulha delicada e puxou a manga esquerda da camisa. Seus olhos repousaram sobre o antebraço e o pulso fortes por alguns instantes, ambos marcados com inúmeras marcas de punção. Por fim, ele enfiou a ponta afiada, pressionou o pequeno pistão e se afundou de volta na poltrona de veludo com um longo suspiro de satisfação.

Testemunhei o ato por vários meses, três vezes ao dia, mas não me acostumei com ele. Pelo contrário: eu ficava cada vez mais irritado à visão da tal agulha, e minha consciência pesava toda noite ao pensar que tinha me faltado coragem para protestar. Cheguei a pensar em dar minha opinião sobre o assunto, mas alguma coisa no ar frio e indiferente do meu companheiro me fazia crer que ele era o último homem com quem alguém tomaria qualquer coisa que se aproximasse de liberdade. Suas grandes façanhas, seu jeito primoroso e minha experiência com suas muitas qualidades extraordinárias me faziam hesitar e recuar da ideia de discordar dele.

Naquela tarde, porém, fosse pelo vinho que tinha tomado durante o almoço ou pela exasperação adicional diante da deliberação extrema de seus modos, senti de repente que não podia mais ficar em silêncio.

— Qual foi a de hoje? — perguntei. — Morfina ou cocaína?

Ele levantou os olhos languidamente do velho livro de caracteres góticos que tinha aberto.

— Cocaína — respondeu. — Uma solução de sete por cento. Quer experimentar?

— Não — respondi bruscamente. — Minha constituição ainda não superou a campanha afegã. Não posso me dar o luxo de impor-lhe nenhum esforço extra.

Ele sorriu diante da minha veemência.

— Talvez tenha razão, Watson. Suponho que a influência da cocaína sobre o físico não seja boa. É, no entanto, tão transcendentalmente estimulante e esclarecedora para a mente que a ação secundária é um detalhe momentâneo.

— Mas considere! — pedi com seriedade. — Leve o custo em conta! Seu cérebro pode, como você diz, ficar agitado e alerta, mas é um processo patológico e mórbido, que envolve mudança de tecidos e pode deixar um dano permanente. Você também conhece a reação que se segue. Não acho que valha a pena. Por que deveria, por um mero prazer passageiro, arriscar a perda desses grandes poderes com que foi dotado? Falo não apenas de um companheiro para o outro, mas também como um médico responsável por seu paciente.

Ele não pareceu se ofender. Pelo contrário. Juntou as pontas dos dedos e encostou os cotovelos nos braços da poltrona, como se estivesse contente com a conversa.

— Minha mente — começou a explicar — não gosta de ficar parada. Dê-me problemas, trabalho, o criptograma mais complicado ou a análise mais intrincada que encontrar, e estarei na minha própria atmosfera. Poderei então dispensar estimulantes artificiais. Mas abomino a rotina monótona da existência. Anseio pela exaltação mental. É por isso que escolhi minha profissão... Ou melhor, criei-a, pois sou o único no mundo.

— O único detetive não oficial? — perguntei, levantando as sobrancelhas.

— O único detetive consultor não oficial — respondeu ele. — Sou o último e mais elevado tribunal de recurso em dedução. Quando Gregson, Lestrade e Athelney Jones não conseguem fazer o próprio trabalho, o que, a propósito, acontece com certa frequência, a questão é trazida a mim. Eu examino os dados como especialista e dou a opinião de um especialista. Não reivindico crédito por tais casos. Meu nome não aparece em jornal algum. O trabalho em si, o prazer de encontrar um campo para meus poderes peculiares, é minha maior recompensa. Você mesmo teve experiência com meus métodos de trabalho no caso Jefferson Hope.

— Sim, é verdade — concordei cordialmente. — Nunca fiquei tão impressionado na minha vida. Até registrei tudo em uma pequena brochura com o título fantástico de *Um estudo em vermelho*.

Ele assentiu, tristemente.

— Cheguei a passar os olhos — disse. — Honestamente, não posso elogiar o trabalho. A dedução é, ou deveria ser, uma ciência exata, e deve ser tratada de maneira fria e sem emoção. Você tentou pintá-la com romantismo. É como se desejasse incluir uma história de romance à quinta proposição de Euclides.

— Mas havia romance — retruquei. — Eu não podia adulterar os fatos.

— Alguns fatos devem ser suprimidos ou, pelo menos, um senso justo de proporção deve ser observado ao se tratar deles. O único ponto que merecia menção era o curioso raciocínio analítico por meio do qual consegui desvendá-lo.

Fiquei irritado com essa crítica a uma obra que fora concebida especialmente para agradá-lo. Confesso, também, que fiquei irritado pelo egoísmo, que parecia exigir que cada linha do meu manuscrito fosse dedicada aos feitos especiais dele. Mais de uma vez, nos anos em que vivi com ele em Baker Street, observei que uma pequena vaidade se encontrava por trás do jeito tranquilo e didático do meu companheiro. Não fiz nenhum comentário e me preocupei em cuidar de minha perna ferida. Ela fora atravessada por uma bala de jezail algum tempo antes e, embora isso não me impedisse de andar, doía muito com as mudanças do tempo.

— Recentemente, minha prática se estendeu ao continente — disse Holmes depois de um tempo, enchendo seu velho cachimbo de raiz de urze-branca. — Fui consultado na semana passada por François Le Villard, que, como você provavelmente já sabe, tem se destacado no serviço de detetives franceses. Ele tem o dom celta da intuição, mas lhe falta a gama de conhecimentos exatos essenciais para o desenvolvimento da arte. O caso dizia respeito a um testamento, e me interessei por algumas características. Pude associá-lo a dois casos paralelos: um ocorrido em Riga, em 1857, e o outro em St. Louis, em 1871. Esses casos o ajudaram a encontrar a solução. Aqui está a carta que recebi hoje de manhã, reconhecendo a minha ajuda.

Ele jogou, enquanto falava, uma folha amassada de papel de carta estrangeiro. Corri os olhos por ela, apanhando uma profusão de elogios, com palavras como "*magnifique*", "*coup-de-maître*" e "*tours-de-force*" espalhadas por todo o texto, provas da admiração ardente do francês.

— Ele fala como um aluno a seu mestre — comentei.

— Ah, é exagero — disse Sherlock Holmes com indiferença. — Ele mesmo tem dons consideráveis. Possui duas das três qualidades necessárias para o detetive ideal. Ele tem o poder de observação e o de dedução, faltando-lhe apenas o conhecimento, que pode vir com o tempo. Agora está traduzindo minhas pequenas obras para francês.

— Suas obras?

— Ah, não sabia?! — exclamou, rindo. — Sim, sou autor de vários artigos, todos sobre assuntos técnicos. Aqui, por exemplo: "Sobre a distinção das cinzas de vários tabacos". Nela, enumero 140 formas de tabaco para charuto, cigarro e cachimbo, com placas coloridas ilustrando a diferença entre as cinzas. É um ponto que aparece com frequência em julgamentos criminais e que, às vezes, é de suprema importância como pista. Se você souber identificar, por exemplo, que um assassinato foi cometido por um homem que fumava um *lunkah* indiano, seu campo de busca fica obviamente mais restrito. Para o olho treinado, há tanta diferença entre as cinzas pretas de um trichinopoli e o branco de um *bird's-eye* quanto entre uma couve e uma batata.

— Você tem um olho extraordinário para os detalhes.

— Aprecio a importância deles. Veja aqui meu artigo sobre análise de pegadas, com algumas observações sobre o uso de gesso para preservar impressões. Veja também este trabalho curioso sobre a influência de um ofício sobre a forma da mão, com linotipias das mãos de telhadores, marinheiros, corticeiros, tipógrafos, tecelões e polidores de diamantes. É uma questão de grande interesse prático para o detetive científico, principalmente em casos de corpos não reconhecidos ou na descoberta dos antecedentes de criminosos. Mas já estou cansando você com os meus passatempos.

— De forma alguma — respondi com seriedade. — É de grande interesse para mim, principalmente desde que tive a oportunidade de observar a aplicação prática desse tipo de coisa. Mas você falou agora mesmo sobre observação e dedução. Certamente, uma coisa, até certo ponto, implica a outra.

— Claro que não — respondeu ele, encostando-se luxuosamente na poltrona e soprando grossos anéis azuis de seu cachimbo. — Por exemplo, a observação me mostra que você foi até a agência de correios de Wigmore Street hoje de manhã, mas a dedução me permite saber que você enviou um telegrama.

— Sim! Acertou! Mas confesso que não vejo como chegou a essa conclusão. Foi um impulso repentino da minha parte, não cheguei a mencionar a ninguém.

— É a própria simplicidade — falou, rindo de minha surpresa. — Tão absurdamente simples que uma explicação seria supérflua, mas ainda pode servir para definir os limites entre a observação e a dedução. A observação me diz que você tem um pouco de barro avermelhado no sapato. Removeram o calçamento e escavaram a terra bem em frente à agência de Wigmore Street, de modo que é difícil não sujar o pé ao entrar. A terra é dessa tonalidade avermelhada peculiar que, até onde sei, não se encontra em nenhum outro lugar da vizinhança. Isso é observação. O resto é dedução.

— E como deduziu o telegrama?

— Eu sabia que você não tinha escrito uma carta, já que passei a manhã a seu lado. Vejo também em sua escrivaninha que você tem uma folha de selos e um maço grosso de cartões-postais. Por que mais você iria ao correio, se não fosse para enviar um deles? Se eliminar todos os outros fatores, o que resta só poderá ser a verdade.

— Realmente — respondi depois de pensar um pouco. — A coisa é mesmo, como você diz, muito simples. Ficaria incomodado se eu pusesse suas teorias à prova com um problema mais complicado?

— Pelo contrário — respondeu ele. — Eu não precisaria tomar uma segunda dose de cocaína. Ficaria encantado em analisar qualquer problema que possa me apresentar.

— Ouvi você dizer que é difícil para um homem ter qualquer objeto de uso diário sem deixar nele a impressão de sua individualidade de tal forma que um observador treinado poderia lê-la. Eu tenho aqui um relógio que adquiri recentemente. Teria a gentileza de me dar uma opinião sobre o caráter ou os hábitos do antigo proprietário?

Entreguei-lhe o relógio com um leve sentimento de diversão, pois o teste era, a meu ver, impossível. Eu pretendia que fosse uma lição contrária ao tom dogmático que ele assumia às vezes. Ele pesou o relógio com a mão, olhou demoradamente para o mostrador, abriu a tampa traseira e examinou o mecanismo, primeiro a olho nu e depois com uma poderosa lente convexa. Quase não consegui evitar um sorriso diante de sua expressão de desânimo quando finalmente fechou a tampa e me devolveu o relógio.

— Quase não há dados — comentou. — Limparam o relógio recentemente, o que destrói os fatos mais sugestivos.

— Tem razão — respondi. — Foi limpo antes de ser enviado para mim.

Em meu coração, acusei meu companheiro de apresentar uma péssima desculpa para encobrir o próprio fracasso. Que dados poderiam ser esperados de um relógio que não tivesse sido limpo?

— Embora insatisfatória, minha pesquisa não foi completamente inútil — observou, olhando para o teto com olhos sonhadores e sem brilho. — Sujeito a uma correção, julgo que o relógio tenha pertencido ao seu irmão mais velho, que o herdou do seu pai.

— Isso você entendeu, sem dúvida, do "H. W." na parte de trás?

— Sim. O W sugere seu próprio sobrenome. A data do relógio é de quase cinquenta anos atrás, e as iniciais são tão antigas quanto ele. Por isso, foi feito para a geração anterior. Joias são geralmente herdadas pelo filho mais velho, e ele tem mais chances de ter o mesmo nome que o pai. Seu pai, se bem me lembro, está morto há muitos anos. O relógio estava, portanto, com seu irmão mais velho.

— Até agora, tudo certo. Algo mais?

— Ele era um homem de hábitos desleixados, muito descuidado. Foi deixado com um bom futuro pela frente, mas jogou fora suas chances, viveu algum tempo na pobreza com breves intervalos de prosperidade e, finalmente, depois de embebedar-se, morreu. É tudo o que consigo deduzir.

Saltei da cadeira e manquei impacientemente pela sala, com amargura considerável no coração.

— Que coisa feia, Holmes — acusei. — Não acredito que desceu a esse nível. Fez perguntas sobre a história do meu infeliz irmão, e agora finge deduzir esse conhecimento de maneira fantasiosa. Não pode esperar que eu acredite que você leu tudo isso no relógio dele! É muito cruel e, para ser franco, beira o charlatanismo.

— Meu caro doutor — disse ele com gentileza —, por favor, aceite minhas desculpas. Vendo o assunto como um problema abstrato, esqueci por um momento como isso poderia ser pessoal e doloroso para você. Garanto, porém, que nunca soube que tinha um irmão até você me entregar o relógio.

— Então, como conseguiu deduzir esses fatos? Estão absolutamente corretos, cada detalhe.

— Ah, que bom. Foi apenas o saldo das probabilidades. Não esperava ser tão preciso.

— Mas não foi adivinhação?

— Não, não. Eu nunca adivinho. É um hábito chocante, destrutivo para a faculdade lógica. O que lhe parece estranho só o é porque você não segue meu raciocínio nem observa os pequenos fatos de que podem depender as grandes inferências. Por exemplo, comecei afirmando que seu irmão era descuidado. Ao observar a parte inferior desse relógio, note que não apenas está amassado em dois lugares, como também tem arranhões e marcas feitos com o hábito de guardar outros objetos duros, como moedas ou chaves, no mesmo bolso. Não é um grande feito presumir que um homem que trata um relógio de 50 guinéus de forma tão casual deve ser um homem descuidado. Também não é uma conclusão exagerada demais supor que um homem que herda um artigo de tal valor não esteja passando necessidades.

Concordei, para mostrar que acompanhava o raciocínio.

— É muito normal que os penhoristas na Inglaterra, quando pegam um relógio, risquem o número da cautela no interior da caixa com um alfinete. É mais conveniente do que uma etiqueta, já que não há risco de perda ou transposição do número. Dentro do seu relógio não há menos do que quatro números visíveis à minha lente. Infiro, portanto, que seu irmão passou por poucas e boas. Infiro também que ele teve passou por momentos ocasionais de prosperidade, do contrário não poderia ter resgatado o penhor. Finalmente, peço que olhe para a placa interior, que contém o orifício da chave. Veja os milhares de arranhões em volta do buraco, onde a chave escorregou. Um homem sóbrio não poderia ter errado tantas vezes a chave. São marcas típicas do relógio de um homem bêbado. Ele dá corda à noite, e deixa os vestígios de sua mão instável. Onde está o mistério nisso tudo?

— É tão claro como a luz do dia — respondi. — Lamento a injustiça que cometi. Devia ter tido mais fé na sua maravilhosa faculdade. Posso perguntar se tem alguma investigação profissional em andamento?

— Nenhuma. Por isso a cocaína. Não posso viver sem trabalho cerebral. Por que viver assim? Venha à janela. Já viu um mundo mais sombrio, triste e improdutivo? Veja como o nevoeiro amarelo rodopia pela rua e cobre as casas pardas. O que poderia ser mais prosaico e material do que isso? De que adianta ter poderes, doutor, quando não se tem campo para exercê-los? O crime é lugar-comum, a existência é lugar-comum, e nenhuma característica senão as que são lugar-comum tem qualquer função sobre a terra.

Abri a boca para responder quando, com uma batida seca, nossa senhoria entrou, trazendo consigo um cartão sobre a salva de bronze.

— De uma jovem para o senhor — disse ela, dirigindo-se ao meu companheiro.

— Srta. Mary Morstan — leu ele. — Hum! Não me lembro desse nome. Peça que suba, sra. Hudson. Não vá, doutor. Gostaria que ficasse.

CAPÍTULO II

A EXPOSIÇÃO DO CASO

A srta. Morstan entrou na sala com um passo firme e aparente serenidade. Ela era uma jovem loura, pequena, delicada, de mãos enluvadas e vestida com o mais perfeito gosto. Havia, entretanto, em seus trajes uma simplicidade que lhe sugeria recursos limitados. O vestido era de um bege escuro e acinzentado, sem atavios nem debruns, e ela usava um pequeno turbante do mesmo tom sem graça, avivado apenas por uma pena branca no lado. Seu rosto não tinha regularidade de traços nem beleza, mas sua expressão era doce e amável, e seus grandes olhos azuis eram singularmente espirituais e simpáticos. Em uma experiência com as mulheres que se estende por muitas nações e três continentes diferentes, nunca vi um rosto que prometesse mais claramente uma natureza refinada e sensível. Não pude deixar de observar que, enquanto tomava a cadeira que Sherlock Holmes colocara para ela, seus lábios, assim como suas mãos, tremiam, e ela mostrava todos os sinais de intensa agitação interior.

— Venho até o senhor, sr. Holmes — disse ela —, porque resolveu uma pequena complicação doméstica para a minha patroa, sra. Cecil Forrester. Ela ficou muito impressionada com sua gentileza e habilidade.

— Sra. Cecil Forrester — repetiu ele pensativamente. — Acho que lhe prestei um pequeno serviço. O caso, no entanto, se me lembro bem, era muito simples.

— Ela não pensava assim. Mas pelo menos não pode dizer o mesmo do meu caso. Não consigo imaginar nada mais estranho, mais inexplicável, do que a situação em que me encontro.

Holmes esfregou as mãos, e seus olhos brilharam. Inclinou-se para a frente na poltrona com uma expressão de concentração extraordinária em seus olhos de falcão.

— Diga o seu caso — disse em um tom profissional.

Senti que minha posição era embaraçosa.

— Com toda licença — falei, ficando de pé.

Para minha surpresa, a jovem levantou a mão enluvada para me deter.

— Se o seu amigo — disse ela a Holmes — puder fazer a gentileza de ficar, ele poderá ser de inestimável ajuda.

Voltei à cadeira.

— Em suma — continuou ela —, os fatos são os seguintes: meu pai era oficial em um regimento indiano e me mandou para casa quando ainda era uma criança. Minha mãe estava morta e eu não tinha parentes na Inglaterra. Entretanto, fui posta em um confortável internato em Edimburgo, onde permaneci até os dezessete anos de idade. Em 1878, meu pai, que era capitão de seu regimento, conseguiu uma licença de doze meses e voltou para casa. Telegrafou-me de Londres, disse que tinha chegado bem e me mandou vir para cá imediatamente, dando o Langham Hotel como endereço. Sua mensagem, pelo que me lembro, era cheia de bondade e amor. Ao chegar a Londres, dirigi-me ao Langham e fui informada de que o capitão Morstan estava hospedado lá, mas tinha saído na noite anterior e ainda não havia retornado. Esperei o dia todo sem notícias dele. Naquela noite, a conselho do gerente do hotel, entrei em contato com a polícia e, na manhã seguinte, anunciamos em todos os jornais seu desaparecimento. Nossas investigações não levaram a nenhum resultado. Nenhuma palavra foi ouvida sobre meu infeliz pai.

Ele veio para casa com o coração cheio de esperança, para encontrar alguma paz, algum conforto. Em vez disso...

Ela pôs a mão na garganta, e um soluço asfixiante cortou a frase.

— A data? — perguntou Holmes, abrindo seu caderno.

— Ele desapareceu no dia 3 de dezembro de 1878, há cerca de dez anos.

— A bagagem dele?

— Ficou no hotel. Não havia pista... algumas roupas, alguns livros e um número considerável de curiosidades sobre as ilhas Andamão. Ele tinha sido um dos oficiais encarregados dos condenados de lá.

— Ele tinha algum amigo na cidade?

— Até onde sabemos, apenas um: o major Sholto, de seu próprio regimento, o 34º de Infantaria de Bombaim. O major tinha se reformado algum tempo antes e vivia em Upper Norwood. Falamos com ele, é claro, mas ele nem sabia que seu companheiro estava na Inglaterra.

— Um caso singular — comentou Holmes.

— Ainda não descrevi a parte mais singular dele. Cerca de seis anos atrás... para ser exata, no dia 4 de maio de 1882... um anúncio apareceu no *Times* pedindo o endereço da srta. Mary Morstan e afirmando que seria de interesse dela se apresentar. Não havia nome ou endereço nesse anúncio. Eu tinha acabado de entrar como governanta na família da sra. Cecil Forrester. Por conselho dela, publiquei meu endereço na coluna de anúncios. No mesmo dia, chegou pelo correio uma caixinha de papelão endereçada a mim, e nela encontrei uma pérola muito grande e reluzente. Nenhum bilhete. Desde então, todos os anos, na mesma data, aparece sempre uma caixa contendo uma pérola semelhante, sem qualquer indício do remetente. Um especialista analisou as pérolas e declarou serem de uma variedade rara e de valor considerável. Podem ver que elas são muito bonitas.

Ela abriu uma caixa enquanto falava, e mostrou-me seis das mais belas pérolas que eu já tinha visto.

— Sua declaração é muito interessante — disse Sherlock Holmes. — Mais alguma coisa aconteceu?

— Sim, hoje mesmo. Foi por isso que vim falar com o senhor. Recebi hoje de manhã esta carta, que talvez deva ler por si mesmo.

— Obrigado — disse Holmes. — O envelope também, por favor. Carimbo postal, Londres, S.W. Data, 7 de julho. Hum! Polegar de um homem no canto, provavelmente o carteiro. Papel da melhor qualidade. Envelopes de seis centavos o pacote. Um homem exigente com seu papel de carta. Sem endereço. "Esteja no terceiro pilar a partir da esquerda em frente ao Lyceum Theatre às sete horas da noite de hoje. Se está desconfiada, leve dois amigos. Você é uma mulher injustiçada, e terá sua justiça. Não leve a polícia. Se levar, tudo será em vão. Atenciosamente, um amigo desconhecido." Que ótimo mistério. O que pretende fazer, srta. Morstan?

— É exatamente isso que quero perguntar ao senhor.

— Então iremos. A senhorita, eu e... sim, o dr. Watson é o homem perfeito. Seu correspondente diz dois amigos. Ele e eu já trabalhamos juntos antes.

— Mas ele iria conosco? — perguntou ela, com algo apelativo na voz e expressão.

— Vou ficar muito feliz e orgulhoso — respondi fervorosamente — se puder ser de alguma ajuda.

— Os senhores são muito amáveis — respondeu ela. — Tenho uma vida reclusa, e não tenho amigos a quem recorrer. Posso chegar aqui às seis?

— Não se atrase — disse Holmes. — Mas há outra coisa. A caligrafia é igual à dos endereços das caixas de pérolas?

— Tenho-as aqui — respondeu ela, mostrando meia dúzia de pedaços de papel.

— A senhorita é uma cliente modelo. Tem a intuição correta. Vamos ver... — Ele espalhou os papéis sobre a mesa e olhou rapidamente de um para o outro. — A letra está disfarçada, exceto na carta. Mas não pode haver dúvidas quanto à autoria. Vejam como o *e* grego irreprimível irrompe, e vejam o floreado final do *s*. São da mesma pessoa, sem dúvida. Não quero sugerir falsas esperanças, srta. Morstan, mas há alguma semelhança entre esta caligrafia e a de seu pai?

— Nada poderia ser mais diferente.

— Esperava que fosse dizer isso. Vamos esperar pela senhorita, então, às seis. Se me permitir, vou ficar com os papéis. Posso analisar o assunto antes disso, já que são apenas três e meia. *Au revoir.*

— *Au revoir* — disse nossa visitante e, com um olhar gentil, levou a caixinha de pérolas de volta ao colo e saiu depressa.

De pé na janela, pude assistir-lhe andar rapidamente pela rua até que o turbante cinza e a pena branca se tornaram apenas uma mancha entre a multidão.

— Que mulher atraente! — exclamei, voltando-me para meu companheiro.

Ele tinha reacendido o cachimbo e estava recostado, com as pálpebras caídas.

— Você acha? — disse ele languidamente. — Não cheguei a notar.

— Você é mesmo um autômato, uma máquina de calcular! — respondi. — Às vezes vejo algo inumano em você.

Ele sorriu.

— É de suma importância — disse ele — não permitir que o julgamento seja influenciado por qualidades pessoais. Um cliente é, para mim, uma mera unidade, um fator em um problema. Qualidades emocionais são inimigas do raciocínio claro. Garanto que a maior mulher que já conheci foi enforcada por envenenar três crianças pelo dinheiro do seguro, e o homem mais repugnante que conheço é um filantropo que já gastou quase um quarto de milhão com os pobres de Londres.

— Neste caso, no entanto…

— Nunca abro exceções. Uma exceção invalida a regra. Já teve oportunidade de estudar o caráter pela caligrafia? O que acha disso aqui?

— É uma letra legível e regular — respondi. — Um homem de negócios e com alguma força de caráter.

Holmes balançou a cabeça.

— Olhe para as letras longas — disse. — Mal se elevam acima das outras. O *d* pode ser um *a*, e esse *l* pode ser um *e*. Homens de caráter sempre diferenciam suas letras longas, por mais ilegível que seja a caligrafia. Há vacilo nos *k*s e amor-próprio nas maiúsculas. Vou sair agora. Tenho algumas consultas a fazer. Permita-me recomendar um livro, um dos mais notáveis já escritos. É o *Martírio do homem*, de Winwood Reade. Volto em uma hora.

Sentei-me à janela com o volume na mão, mas meus pensamentos estavam longe das ousadas especulações do escritor. Minha mente correu para nossa visitante — seu sorriso, os tons profundos e ricos de sua voz, o estranho mistério que pairava sobre sua vida. Se ela tinha dezessete anos na época do desaparecimento do pai, ela deve ter agora 27 — uma idade encantadora, quando a juventude perdeu o acanhamento e se tornou mais sóbria com a experiência.

Fiquei sentado refletindo até que me vieram à cabeça pensamentos tão perigosos que me apressei a correr para a escrivaninha e mergulhar furiosamente no mais recente tratado de patologia. Quem era eu, um médico do Exército com uma perna fraca e uma conta bancária mais fraca ainda, para me atrever a pensar em tais coisas? Ela era uma unidade, um fator. Nada mais. Se meu futuro era sombrio, era certamente melhor enfrentá-lo como um homem do que tentar iluminá-lo com meras ilusões.

CAPÍTULO III

EM BUSCA DE UMA SOLUÇÃO

Passava das cinco e meia quando Holmes voltou. Ele estava empolgado, ansioso e em um excelente estado de espírito — um tipo de humor que, no caso dele, se alternava com ataques sombrios de depressão.

— Não há grande mistério — disse ele, pegando a xícara de chá que eu tinha servido. — Os fatos só parecem admitir uma explicação.

— O quê? Já resolveu?

— Bom, dizer isso seria exagero. Só descobri um fato sugestivo. Ele é, no entanto, *muito* sugestivo. Os detalhes ainda precisam ser preenchidos. Acabo de descobrir, consultando os arquivos do *Times*, que o major Sholto de Upper Norword, ex-membro do 34º Regimento de Infantaria de Bombaim, morreu no dia 28 de abril de 1882.

— Pode ser burrice minha, Holmes, mas não consigo ver o que isso sugere.

— Não? Você me surpreende. Vamos encarar por outro ângulo, então. O capitão Morstan desaparece. A única pessoa em Londres que ele pode ter visitado é o major Sholto. O major Sholto nega ter ficado sabendo que ele estava em Londres. Quatro anos depois, Sholto morre. *Uma semana depois da morte dele*, a filha do capitão Morstan recebe um valioso presente, que se repete todo ano e agora culmina com uma carta que a descreve como uma mulher injustiçada. Que injustiça poderia ser, se não a privação do pai? E por que os presentes começaram imediatamente após a morte de Sholto, a menos que o herdeiro de Sholto saiba alguma coisa sobre o mistério e deseje compensar? Será que você tem alguma teoria alternativa que corresponda aos fatos?

— Mas que compensação estranha! E feita de um jeito igualmente estranho! Por que ele escreveria uma carta agora em vez de há seis anos? A carta fala de justiça, mas que justiça ela pode receber? Seria demais supor que o pai ainda está vivo. Até onde você sabe, não há outra injustiça no caso dela.

— Há dificuldades, certamente — disse Sherlock Holmes, pensativo. — Mas nossa expedição de hoje à noite resolverá todas elas. Ah, nossa condução chegou, e vejo que a srta. Morstan está dentro dela. Está pronto? Então é melhor descermos, já passa um pouco da hora.

Peguei meu chapéu e minha bengala mais pesada, mas observei que Holmes tirou seu revólver da gaveta e o enfiou discretamente no bolso. Estava claro que ele achava que nossa aventura noturna poderia ser séria.

A srta. Morstan estava coberta por uma capa escura, e seu rosto sensível estava sereno, mas pálido. Teria que ser uma mulher muito especial para não sentir desconforto com a estranha aventura em que estávamos embarcando, mas seu autocontrole era perfeito, e ela respondeu prontamente às poucas perguntas adicionais que Sherlock Holmes lhe fez.

— O major Sholto era um amigo muito especial do meu pai — disse ela. — As cartas dele eram cheias de alusões ao major. Os dois estavam no comando das tropas nas ilhas Andamão, então passaram por muita coisa juntos. A propósito, um papel curioso que ninguém conseguiu entender foi encontrado na mesa do meu pai. Suponho que não seja importante, mas pensei que o senhor gostaria de vê-lo, então trouxe-o comigo. Está aqui.

Holmes desdobrou o papel com cuidado e o alisou no joelho. Ele o examinou metodicamente com sua lente dupla.

— É papel de fabricação indiana — comentou. — Em algum momento, ele foi preso a um quadro. O diagrama aqui parece ser uma planta de parte de um grande edifício com vários salões, corredores e passagens. Aqui podemos ver uma pequena cruz em tinta vermelha e, acima dela, a mensagem "3,37 da esquerda" a lápis desbotado. No canto esquerdo, temos um curioso hieróglifo de quatro cruzes enfileiradas, com os braços se tocando. Ao lado está escrito em caracteres muito grosseiros: "O signo dos quatro — Jonathan Small, Mahomet Singh, Abdullah Khan, Dost Akbar." Não, confesso que não vejo o que isso tem a ver com o assunto. Ainda assim, é evidentemente um documento de importância. Ele foi guardado com cuidado em uma caderneta, pois um lado está tão limpo quanto o outro.

— Estava na caderneta dele. Foi lá que encontramos.

— Então guarde-o cuidadosamente, srta. Morstan, pois ele pode muito bem nos ser útil. Começo a suspeitar que esse assunto pode acabar sendo muito mais profundo e sutil do que pensei. Preciso reconsiderar minhas ideias.

Ele se reclinou na carruagem, e eu pude ver em suas sobrancelhas contraídas e em seus olhos vagos que ele estava perdido em pensamentos. A srta. Morstan e eu conversamos em voz baixa sobre a nossa expedição e seu possível resultado, mas nosso companheiro manteve a expressão impenetrável até o final da viagem.

Era uma noite de setembro, e ainda não eram sete horas da noite, mas o dia tinha sido sombrio e uma densa neblina agora pairava sobre a cidade. Nuvens escuras debruçavam-se tristemente por sobre as ruas lamacentas. Ao longo do Strand, as lâmpadas eram apenas manchas borradas de luz difusa projetando um fraco reflexo débil sobre o pavimento viscoso. A luz amarela das vitrines fluía pelo ar denso e lançava um brilho tenebroso pela rua cheia de gente. Havia, a meu ver, um ar sinistro e fantasmagórico na procissão interminável de rostos que passava pelas barras estreitas de luz — rostos tristes e alegres, abatidos e felizes. Como toda a espécie humana, eles passavam da escuridão à luz, para depois voltarem à escuridão. Não estou sujeito a impressões, mas a noite pesada, somada ao estranho projeto em que estávamos envolvidos, me deixou nervoso e deprimido. A srta. Morstan parecia estar sofrendo do mesmo sentimento. Só Holmes conseguia se manter superior a influências mesquinhas. Ele segurava seu caderno aberto sobre o joelho e, de vez em quando, anotava alguma coisa à luz de sua lanterna de bolso.

No Lyceum Theatre, as multidões já estavam lotando as entradas laterais. Um fluxo contínuo de carruagens se agitava, descarregando homens bem-vestidos e mulheres envoltas em capas e cheias de joias. Mal tínhamos chegado ao terceiro pilar, nosso ponto de encontro, quando um homem pequeno, moreno e vivaz, vestido como um cocheiro, nos abordou.

— Vocês são os acompanhantes da srta. Morstan? — perguntou ele.

— Eu sou a srta. Morstan, e esses dois cavalheiros são meus amigos — respondeu ela.

Ele lançou um par de olhos penetrantes e questionadores sobre nós.

— Vai me desculpar, senhorita — disse ele com certa obstinação —, mas preciso pedir que me dê sua palavra de que nenhum dos seus companheiros é um oficial da polícia.

— Dou minha palavra sobre isso — respondeu ela.

Ele deu um assobio estridente, e um moleque de rua apareceu, guiou-nos até uma carruagem e abriu a porta. O homem que se dirigira a nós subiu à boleia, enquanto ocupávamos nossos lugares dentro. Tudo pronto, o condutor chicoteou o cavalo e mergulhamos juntos em um ritmo furioso pelas ruas nebulosas.

A situação era curiosa. Íamos em direção a um lugar desconhecido por um motivo desconhecido. Ou nosso convite era um embuste completo — o que era uma hipótese inconcebível —, ou tínhamos boas razões para pensar que questões importantes se encontravam em nossa jornada. A expressão da srta. Morstan estava resoluta e controlada, como sempre. Eu me esforcei para animá-la com histórias das minhas aventuras no Afeganistão, mas, para dizer a verdade, eu mesmo estava tão ansioso com a nossa situação, e tão curioso quanto ao nosso destino, que minhas lembranças estavam ligeiramente comprometidas. Até hoje ela insiste que eu contei uma anedota comovente sobre como um mosquete olhou para dentro da minha tenda na calada da noite, e como disparei um filhote de tigre de cano duplo contra ele. No início, eu fazia certa ideia da direção em que estávamos indo, mas logo, com o ritmo, o nevoeiro e meu próprio conhecimento limitado de Londres, perdi o rumo e passei a não saber mais nada, a não ser que parecíamos estar indo muito longe. Sherlock Holmes nunca se perdeu, no entanto, e ia murmurando nomes à medida que o carro se agitava pelas praças, entrando em ruas tortuosas e saindo das mesmas em seguida.

— Rochester Row — dizia ele. — Agora Vincent Square. Agora saímos na Vauxhall Bridge Road. Estamos indo em direção a Surrey, aparentemente. Sim, foi o que eu pensei. Agora estamos na ponte. Podemos ver parte do rio.

De fato, tivemos uma visão fugaz de um trecho do Tâmisa, com as lâmpadas brilhando pela água ampla e silenciosa, mas nossa carruagem se apressou, e logo se envolveu por um labirinto de ruas do outro lado.

— Wordsworth Road — continuou meu companheiro. — Priory Road. Lark Hall Lane. Stockwell Place. Robert Street. Cold Harbor Lane. Nossa busca não parece nos levar por regiões muito elegantes.

Tínhamos mesmo chegado a um bairro questionável. Longas linhas de casas de tijolo sem brilho eram aliviadas apenas pelo brilho grosseiro e vulgar dos bares na esquina. E então havia fileiras de moradias de dois andares, cada uma com uma fachada de jardim em miniatura, e mais fileiras intermináveis de construções novas de tijolo — os tentáculos monstruosos que a cidade gigante lançava sobre o campo. Por fim, a carruagem parou na terceira casa de um grupo. Nenhuma das outras casas era habitada, e aquela em que paramos estava tão escura quanto as vizinhas, exceto por uma única luz na janela da cozinha. Ao batermos, porém, a porta foi imediatamente aberta por um criado indiano vestido com um turbante amarelo, roupas brancas e folgadas e uma faixa também amarela. Havia alguma coisa estranha nessa figura oriental emoldurada pela porta de uma casa suburbana de terceira categoria.

— Meu amo está esperando... — disse e, antes mesmo de terminar a frase, uma voz alta veio de algum outro cômodo dentro da casa:

— Traga-os aqui, *khitmutgar*. Traga-os até mim.

CAPÍTULO IV

A HISTÓRIA DO HOMEM CARECA

Seguimos o indiano por uma passagem sórdida e comum, mal iluminada e pessimamente mobiliada, até chegarmos a uma porta à direita, que ele abriu. Um facho de luz amarela correu sobre nós, e no centro dele se encontrava um homem pequeno com uma cabeça muito alta, uma cerda de cabelo vermelho à sua volta, e um escalpo careca e brilhante como um pico de montanha em meio a uma floresta de pinheiros. Ele juntou as mãos enquanto ficava de pé, e suas feições estavam constantemente distorcidas, ora sorridente, ora carrancudo, mas nunca em repouso. A natureza tinha lhe dado um lábio pendente e uma fileira visível de dentes amarelados e irregulares, que ele se esforçava para esconder, passando constantemente a mão pela parte inferior do rosto. Apesar da calvície intrusiva, ele parecia jovem. Na verdade, tinha acabado de comemorar seu trigésimo ano.

— Seu criado, srta. Morstan. — Não parava de repetir em uma voz alta e aguda. — Seu criado, cavalheiros. Entrem no meu pequeno santuário, por favor. Um lugar pequeno, senhorita, mas mobiliado ao meu gosto. Um oásis de arte no deserto uivante do sul de Londres.

Fomos todos surpreendidos pelo aspecto do apartamento para o qual ele nos convidou. Naquela triste casa, ele parecia tão deslocado quanto um diamante em meio a um monte de carvão. As mais ricas cortinas e tapeçarias cobriam as paredes, presas aqui e ali para expor alguma pintura ou algum vaso oriental. O tapete era âmbar e preto, tão macio e grosso que o pé afundava agradavelmente nele, como numa cama de musgo. Duas grandes peles de tigre no chão aumentavam a sugestão de luxo oriental, assim como um enorme narguilé sobre um tapete no canto. Uma lâmpada no formato de uma pomba prateada estava pendurada por um fio dourado quase invisível no centro da sala. Enquanto queimava, enchia o ar com um odor sutil e aromático.

— Sr. Thaddeus Sholto — disse o homenzinho, ainda torcendo o rosto e sorrindo. — Esse é meu nome. A senhorita é a srta. Morstan, é claro. E esses senhores...

— Este é o sr. Sherlock Holmes, e este é o dr. Watson.

— Um médico, hein?! — exclamou ele, muito entusiasmado. — O senhor trouxe seu estetoscópio? Posso perguntar... faria a gentileza? Eu tenho sérias dúvidas quanto à minha válvula mitral, por favor. Posso confiar na aorta, mas gostaria muito de saber sua opinião sobre a mitral.

Auscultei o coração dele, como pedido, mas não consegui encontrar nada de errado, a não ser que ele estivesse num êxtase de medo, pois tremia da cabeça aos pés.

— Parece normal — informei. — O senhor não tem motivos para desconforto.

— Vai me desculpar a ansiedade, srta. Morstan — comentou ele, distraído. — Sou um grande sofredor, e há muito tempo tenho suspeitas quanto a essa válvula. Fico contente em saber que são injustificadas. Se seu pai, srta. Morstan, tivesse a mesma preocupação, ele poderia estar vivo.

Fiquei tão irritado com uma referência tão insensível a um assunto tão delicado, que poderia ter batido no homem. A srta. Morstan se sentou, e seu rosto ficou branco até aos lábios.

— Parte de mim já sabia que ele estava morto — disse ela.

— Posso dar à senhorita todas as informações — disse Sholto. — Além disso, posso trazer justiça para a senhorita... e é o que farei, independentemente do que o irmão Bartholomew tenha a dizer. Estou tão feliz por ter seus amigos aqui, não só como acompanhantes, mas também como testemunhas do que estou prestes a fazer e dizer. Nós três podemos fazer uma resistência ousada ao irmão Bartholomew. Mas que não tenhamos mais ninguém de fora, nem polícia, nem oficiais. Podemos resolver tudo satisfatoriamente entre nós, sem qualquer interferência. Nada deixaria o irmão Bartholomew mais incomodado do que publicidade negativa.

Ele se sentou em um sofá baixo e piscou inquisitivamente com aqueles olhos azuis, fracos e lacrimejantes.

— De minha parte — disse Holmes —, o que quer que diga não sairá daqui.

Eu concordei com a cabeça.

— Que bom! Que bom! — disse ele. — Posso oferecer uma taça de chianti, srta. Morstan? Ou de tokay? Eu não tenho outros vinhos. Devo abrir uma garrafa? Não? Bem, então, eu confio que não tenham objeção à fumaça do tabaco, ao odor balsâmico suave do tabaco oriental. Estou um pouco nervoso, e acho meu narguilé um sedativo inestimável.

Ele colocou uma vela na grande tigela, e a fumaça borbulhou alegremente pela água de rosas. Sentamos os três em semicírculo, com a cabeça inclinada um pouco para a frente e o queixo sobre as mãos enquanto o camarada estranho e agitado, com sua cabeça alta e brilhante, fumava desconfortavelmente entre nós.

— Quando decidi entrar em contato com a senhorita — disse ele —, eu poderia ter lhe dado meu endereço, mas temia que fosse ignorar meu pedido e trazer pessoas desagradáveis até aqui. Tomei a liberdade, portanto, de marcar um encontro de forma que meu amigo Williams pudesse vê-los primeiro. Tenho total confiança na discrição dele. Se não estivesse satisfeito, ele tinha ordens de não avançar mais no assunto. Vão me desculpar por essas precauções, mas sou um homem de gostos reservados e até refinados, e não há nada menos destituído de beleza do que um policial. Eu evito qualquer forma de materialismo bruto. Raramente entro em contato com a multidão. Vivo, como podem ver, com uma pequena atmosfera de elegância à minha volta. Posso dizer que sou um patrono das artes. É minha fraqueza. Essa paisagem é um verdadeiro Corot e, por mais que um conhecedor possa lançar dúvida sobre esse Salvator Rosa, aquele ali é, com certeza, um Bouguereau. Gosto muito da escola francesa moderna.

— Peço desculpas, sr. Sholto — disse a srta. Morstan —, mas estou aqui a seu pedido para descobrir uma coisa que o senhor quer me dizer. Já é muito tarde, e gostaria que a entrevista fosse o mais breve possível.

— Deve ainda levar algum tempo — respondeu ele —, pois certamente teremos que ir a Norwood ver o irmão Bartholomew. Iremos todos e tentaremos, se possível, levar a melhor sobre ele. Ele está muito zangado comigo por ter tomado a decisão que me pareceu correta. Troquei palavras duras com ele ontem à noite. Não podem imaginar como ele fica terrível quando está zangado.

— Se vamos para Norwood, talvez seja melhor sair agora mesmo — ousei comentar.

Ele riu até ficar com as orelhas vermelhas.

— Isso não daria certo — exclamou. — Não sei o que ele diria se eu trouxesse convidados de maneira tão repentina. Não, preciso prepará-los e mostrar como todos nós somos uns para os outros. Em primeiro lugar, devo dizer que há vários pontos na história sobre os quais eu mesmo não tenho conhecimento. Só posso expor os fatos que conheço.

"Meu pai era, como já devem ter adivinhado, o major John Sholto, que pertenceu ao Exército indiano. Ele se aposentou há cerca de onze anos e veio viver em Pondicherry Lodge, em Upper Norwood. Tinha prosperado na Índia e trouxe consigo uma soma considerável de dinheiro, uma grande coleção de curiosidades valiosas e uma equipe de criados nativos. Com essas vantagens, ele comprou uma casa e viveu em grande luxo. Meu irmão gêmeo, Bartholomew, e eu fomos seus únicos filhos.

"Lembro-me muito bem da sensação causada pelo desaparecimento do capitão Morstan. Lemos os detalhes nos jornais e, sabendo que ele tinha sido amigo do nosso pai, discutimos o caso livremente na presença dele. Ele costumava se juntar às nossas especulações sobre o que poderia ter acontecido. Nunca, por um instante, suspeitamos que ele tivesse todo o segredo escondido no próprio peito — que só ele sabia o destino de Arthur Morstan.

"Nós sabíamos, no entanto, de algum mistério — algum perigo — sobre nosso pai. Ele tinha muito medo de sair sozinho, e sempre empregava dois lutadores premiados como porteiros em Pondicherry Lodge. Williams, que os trouxe aqui esta noite, era um deles. Ele já foi campeão de pesos leves da Inglaterra. Nosso pai nunca nos contou o que temia, mas tinha uma aversão muito específica a homens com perna de pau. Em uma ocasião, ele disparou o revólver contra um homem com perna de pau, que provou ser um comerciante inofensivo a procura de pedidos. Tivemos que pagar uma grande quantia para abafar o assunto. Meu irmão e eu achávamos que era um mero capricho do meu pai, mas os acontecimentos nos levaram a mudar nossa opinião.

"No início de 1882, meu pai recebeu uma carta da Índia que foi um grande choque para ele. Quase desmaiou na mesa do café da manhã quando a abriu. Daquele dia em diante, adoeceu até morrer. Nunca pudemos descobrir o que estava na carta, mas, enquanto ela estava nas mãos dele, eu pude ver que era breve e escrita com garranchos. Ele sofreu por anos de um baço aumentado, mas a condição foi piorando rapidamente e, no final de abril, fomos informados de que ele estava além de qualquer esperança e que queria falar conosco uma última vez.

"Quando entramos no quarto, ele estava sentado com a ajuda de almofadas e respirava pesadamente. Ele nos pediu que trancássemos a porta e fôssemos aos dois lados da cama. Então, segurando nossas mãos, meu pai deu uma declaração notável em uma voz embargada tanto pela emoção quanto pela dor. Vou tentar repetir as mesmas palavras.

"'Só tem uma coisa', disse ele, 'pesando minha mente neste momento. É o tratamento que dei à órfã do pobre Morstan. A maldita avareza que tem sido meu pecado nesta vida escondeu dela o tesouro, metade do qual, pelo menos, deveria ter sido dela. Ainda assim, ele foi inútil para mim... Como a avareza é cega e tola. O mero sentimento de posse tem sido tão caro para mim que eu não consegui suportar a ideia de compartilhá-lo com outra pessoa. Vejam aquela coroa com pérolas ao lado da garrafa de quinino. Não consegui me separar nem mesmo dela, embora a tenha conseguido com a intenção de enviá-la a ela. Vocês, meus filhos, darão àquela moça uma parte do tesouro de Agra. Mas não mandem nada, nem mesmo a coroa, até que eu tenha partido. Afinal, homens já conseguiram se recuperar de doenças graves como esta.

"'Vou lhes contar como Morstan morreu', continuou ele. 'Ele sofria há anos de um coração fraco, mas escondia a situação de todo mundo. Só eu sabia. Quando estávamos na Índia, ele e eu, por meio de uma série notável de circunstâncias, conseguimos um tesouro considerável. Trouxe esse tesouro para a Inglaterra e, na noite da chegada de Morstan, ele veio diretamente até mim para reclamar sua parte. Morstan veio da estação e foi admitido pelo meu velho e fiel Lal Chowdar, que agora está morto. Morstan e eu tínhamos uma diferença de opinião quanto à divisão do tesouro, e chegamos a palavras acaloradas. Morstan se levantou da cadeira em um espasmo de raiva, quando de repente levou a mão ao peito. Seu rosto assumiu um tom escuro e ele caiu para trás, batendo a cabeça no canto do baú. Quando me inclinei sobre ele, descobri, para meu horror, que ele estava morto.

"'Por um longo tempo, fiquei sentado, pensando no que deveria fazer. Meu primeiro impulso foi, naturalmente, pedir ajuda, mas não pude deixar de reconhecer que havia todas as chances de ser acusado de assassinato. Sua morte durante uma discussão e o machucado na cabeça deporiam contra mim. Além disso, um inquérito oficial não poderia ser feito sem trazer à tona certos fatos sobre o tesouro que eu estava particularmente ansioso para manter em segredo. Ele me tinha dito que nenhuma alma na Terra sabia para onde ele tinha ido. Parecia não haver necessidade de mudar essa situação.

"'Ainda ponderava sobre o assunto quando, levantando a cabeça, vi meu criado, Lal Chowdar, na porta. Ele entrou e trancou a porta atrás de si. 'Não tema, meu amo', disse ele. 'Ninguém precisa saber que ele está morto. Vamos escondê-lo... e quem poderá descobrir?'

"'Eu não o matei', falei. Lal Chowdar balançou a cabeça e sorriu. 'Eu ouvi tudo, meu amo', disse ele. 'Ouvi a discussão e ouvi o barulho. Mas meus lábios estão selados. Todos estão dormindo. Vamos nos livrar dele.' Isso foi o suficiente para que eu me decidisse. Se nem meu próprio criado acreditava na minha inocência, como poderia esperar convencer uma dúzia de comerciantes idiotas em um tribunal? Lal Chowdar e eu nos desfizemos do corpo naquela mesma noite e, em poucos dias, os jornais de Londres estavam cheios do misterioso desaparecimento do capitão Morstan. Pelo que disse, verão que não posso ser culpado. Minha culpa se encontra no fato de que escondemos não apenas o corpo, mas também o tesouro, e que me agarrei tanto à parte de Morstan como à minha. Desejo, portanto, que vocês façam a restituição. Aproximem-se. O tesouro está escondido em...'

"Nesse instante, uma mudança horrível se abateu sobre a expressão de nosso pai. Os olhos se arregalaram, a mandíbula caiu e ele gritou com uma voz que jamais esquecerei: 'Tirem-no daqui! Pelo amor de Deus, tirem-no daqui!' Olhamos rápido para a janela atrás de nós, sobre a qual o olhar dele estava fixo. Um rosto nos estava observando na escuridão. Podíamos ver o branco do nariz pressionado contra o vidro. Era um rosto barbudo, com olhos selvagens e cruéis e uma expressão maligna. Meu irmão e eu corremos em direção à janela, mas o homem havia desaparecido. Quando voltamos ao meu pai, a cabeça dele tinha caído, e o pulso tinha parado de bater.

"Procuramos no jardim, mas não encontramos nenhum sinal do intruso, exceto por uma única pegada no canteiro de flores abaixo da janela. Não fosse por isso, poderíamos muito bem pensar que nossa imaginação tinha conjurado aquele rosto selvagem e feroz. Pouco depois, porém, tivemos uma prova mais marcante da presença de agências secretas à nossa volta. A janela do quarto do meu pai foi encontrada aberta pela manhã, os armários e baús tinham sido inspecionados e, em seu peito, havia um pedaço de papel rasgado com as palavras 'O signo dos quatro.' Nunca soubemos o que a frase significa ou quem pode ter sido o visitante secreto. Até onde sabemos, nenhum dos bens do meu pai foi roubado, apesar de tudo ter sido revirado. Meu irmão e eu naturalmente associamos o incidente peculiar ao medo que assombrou meu pai por toda sua vida, mas ainda é um mistério completo para nós."

O homenzinho parou para reacender o narguilé e fumou pensativamente por alguns instantes. Estávamos todos absortos, ouvindo sua extraordinária narrativa. Durante o breve relato da morte do pai, a srta. Morstan ficara branca como a morte. Por um momento, temi que ela estivesse prestes a desmaiar. No entanto, ela se recompôs depois de beber um copo de água que eu servi silenciosamente de um jarro veneziano na mesa lateral. Sherlock Holmes se encostou na poltrona com uma expressão concentrada e os olhos semicerrados. Ao olhar para ele, não pude deixar de pensar em como ele se queixara amargamente naquele mesmo dia da monotonia da vida. Ali estava um problema que levaria sua sagacidade ao máximo. O sr. Thaddeus Sholto olhou de uma pessoa para a outra com um orgulho óbvio do efeito que sua história tinha produzido, e depois continuou entre as baforadas.

— Meu irmão e eu — disse — ficamos, como podem imaginar, muito entusiasmados com o tesouro do qual meu pai tinha falado. Passamos semanas e meses escavando e investigando cada parte do jardim, sem descobrir o paradeiro. Era enlouquecedor pensar que esconderijo estivera nos lábios dele no momento da morte. Podíamos julgar o esplendor das riquezas desaparecidas pelo diadema que ele havia nos mostrado. Meu irmão Bartholomew e eu tivemos uma pequena discussão sobre ele. As pérolas eram evidentemente de grande valor, e ele era avesso à ideia de separar-se delas, pois, cá entre nós, meu irmão sofria um pouco do defeito de meu pai. Ele também achava que nos separar do diadema poderia dar origem a fofocas e nos trazer problemas. Eu finalmente consegui convencê-lo a me deixar descobrir o endereço da srta. Morstan e enviar a ela uma única pérola a intervalos fixos, para que pelo menos ela nunca se sentisse destituída.

— Foi muito gentil de sua parte — disse nossa companheira, séria. — Muito mesmo.

O homenzinho acenou com a mão.

— Éramos seus provedores — disse ele. — Era assim que eu via as coisas, embora Bartholomew não concordasse inteiramente. Nós tínhamos muito dinheiro. Eu não queria mais. Além disso, teria sido de tão mau gosto tratar uma jovem com tão pouco jeito. "*Le mauvais goût mène au crime.*" Os franceses têm uma maneira muito clara de colocar essas coisas. Nossa diferença de opinião sobre o assunto foi tão grande que achei melhor arranjar um lugar para mim, então saí de Pondicherry Lodge, trazendo o velho *khitmutgar* e Williams comigo. Ontem, no entanto, tomei conhecimento de um evento de extrema importância. O tesouro foi descoberto. Entrei instantaneamente em contato com a srta. Morstan, e agora só nos resta ir até Norwood exigir nossa parte. Expliquei minha opinião ao irmão Bartholomew ontem à noite. Assim, talvez não sejamos bem-vindos, mas somos esperados.

O sr. Thaddeus Sholto parou e ficou tremendo em seu luxuoso sofá. Todos nós permanecemos em silêncio com nossos pensamentos sobre o desenvolvimento do misterioso negócio. Holmes foi o primeiro a ficar de pé.

— O senhor fez bem desde o começo — disse ele. — É possível que possamos retribuir de alguma forma, lançando certa luz sobre as partes que ainda são confusas para o senhor. Mas, como a srta. Morstan observou há pouco, já está tarde, e é melhor concluirmos o assunto sem demora.

Nosso novo conhecido enrolou muito deliberadamente o tubo do narguilé e pegou de trás de uma cortina um sobretudo muito comprido com colarinho e punhos astracã. Ele o abotoou bem, apesar da extrema proximidade da noite, e completou o traje com um chapéu de pele de coelho com lapas cobrindo as orelhas, de modo que nenhuma parte dele era visível, a não o rosto pontiagudo.

— Minha saúde é um pouco frágil — comentou enquanto ia à nossa frente pela casa. — Sou obrigado a ser um valetudinário.

Nossa carruagem nos esperava do lado de fora, e nosso trajeto estava evidentemente estabelecido, pois o cocheiro partiu imediatamente em um ritmo acelerado. Thaddeus Sholto falava incessantemente, com uma voz que se elevava por sobre o barulho das rodas.

— Bartholomew é esperto — disse ele. — Como acham que ele descobriu onde estava o tesouro? Ele havia chegado à conclusão de que estava em algum lugar dentro da casa, então calculou toda a área cúbica e fez medições em todos os lugares, de modo que nem um centímetro foi esquecido. Entre outras coisas, ele descobriu que a altura do edifício era de 22 metros, mas, ao somar as alturas de todas as salas separadas e levar em conta o espaço entre elas, que ele verificou por perfuração, ele não chegou a mais de 21 metros. Faltava um. Esse metro final só podia estar no topo do edifício. Ele fez um buraco no teto de madeira e gesso da sala mais alta, e lá encontrou um pequeno sótão que tinha sido selado e não era conhecido por ninguém. No centro estava o baú do tesouro, apoiado sobre duas vigas. Ele o resgatou pelo buraco, e pronto. Ele calcula o valor das joias em nada menos do que meio milhão de libras esterlinas.

À menção dessa soma gigantesca, todos olhamos uns para os outros com os olhos arregalados. Se conseguíssemos garantir seus direitos, a srta. Morstan passaria de governanta carente à herdeira mais rica da Inglaterra. Um amigo leal certamente ficaria feliz com essa notícia, mas tenho vergonha de dizer que o egoísmo me tomou pela alma, e que meu coração ficou pesado feito chumbo dentro de mim. Gaguejei umas poucas palavras de parabéns e me encolhi abatido, com a cabeça inclinada, surdo para o tagarelar do nosso novo conhecido. Ele era mesmo um hipocondríaco, e fiquei parcialmente consciente de que estava despejando intermináveis listas de sintomas e implorando informações sobre a composição e ação de inúmeros placebos, alguns dos quais carregava em um estojo de couro no bolso. Espero que ele não se lembre de nenhuma das respostas que lhe dei naquela noite. Holmes declara que me ouviu advertir contra o grande perigo de tomar mais de duas gotas de óleo de rícino enquanto recomendava estricnina em grandes doses como sedativo. Fiquei aliviado quando a carruagem parou com um chacoalhão e o cocheiro desceu para abrir a porta.

— Esta, srta. Morstan, é Pondicherry Lodge — disse o sr. Thaddeus Sholto, estendendo a mão para ajudá-la a descer.

CAPÍTULO V

A TRAGÉDIA DE PONDICHERRY LODGE

Eram quase onze horas quando chegamos à fase final de nossas aventuras noturnas. Tínhamos deixado o nevoeiro úmido da cidade grande para trás, e a noite estava bastante boa. Um vento morno soprava do oeste e nuvens pesadas se moviam lentamente pelo céu, com meia lua nos espreitando ocasionalmente. Estava claro o suficiente para ver a alguma distância, mas Thaddeus Sholto tirou um dos faróis laterais da carruagem para nos dar uma visão melhor do caminho.

Pondicherry Lodge erguia-se no centro do terreno, cercada por um muro de pedra muito alto encimada por vidro quebrado. A única entrada era por um portão estreito de ferro. Nosso guia bateu à porta como um carteiro.

— Quem é? — perguntou uma voz rouca de dentro.

— Sou eu, McMurdo. A essa altura, você já devia reconhecer minha batida.

Ouvimos um resmungo e um tilintar de chaves. A porta se abriu pesadamente e um homem baixo de peito largo apareceu, com a luz amarela da lanterna brilhando por seu rosto saliente e seus olhos desconfiados.

— É o senhor, sr. Thaddeus? Mas quem são os outros? Não recebi ordens sobre visitantes.

— Não, McMurdo? Mas que surpresa! Eu disse ao meu irmão que traria alguns amigos.

— Ele não saiu do quarto hoje, sr. Thaddeus, e não recebi ordens. Sabe muito bem que preciso seguir os regulamentos. Posso deixá-lo entrar, mas seus amigos têm que ficar onde estão.

Esse foi um obstáculo inesperado. Thaddeus Sholto olhou para ele de forma perplexa e indefesa.

— Que crueldade, McMurdo! — disse ele. — Minha palavra deveria ser o suficiente para você. E veja essa jovem. Ela não pode ficar na estrada a essa hora.

— Sinto muito, sr. Thaddeus — disse o porteiro. — Podem ser amigos seus, mas não são amigos do mestre. Ele me paga bem para cumprir meu dever, e é isso que vou fazer. Eu não conheço nenhum dos seus amigos.

— Mas é claro que conhece, McMurdo — exclamou Sherlock Holmes jovialmente. — Não pode ter se esquecido de mim. Não se lembra do amador que lutou por três rounds com você nos salões de Alison na noite de seu benefício há quatro anos?

— Sr. Sherlock Holmes! — rugiu o lutador. — Por Deus! Como não o reconheci? Se, em vez de ficar parado, o senhor tivesse me dado aquele cruzado no queixo, eu o teria reconhecido, sem dúvida. Ah, o senhor desperdiçou os dons que tem! Teria feito sucesso nessa carreira.

— Está vendo, Watson? Se todo o resto não funcionar, ainda tenho uma das profissões científicas abertas para mim — disse Holmes, rindo. — Nosso amigo não vai nos deixar no frio agora, tenho certeza.

— Pode entrar, senhor, pode entrar, o senhor e seus amigos — respondeu ele. — Lamento muito, sr. Thaddeus, mas as ordens são muito rígidas. Precisava ter certeza sobre seus amigos antes de deixá-los entrar.

Dentro, uma trilha de cascalho se estendia por um terreno desolado até uma casa quadrada e prosaica mergulhada na escuridão, exceto por onde um raio de lua atingia um canto e mostrava a janela de uma mansarda. O tamanho da construção, com sua escuridão e seu silêncio mortal, me causou um arrepio no coração. Até mesmo Thaddeus Sholto parecia pouco à vontade, e a lanterna tremia em sua mão.

— Não consigo entender — disse ele. — Deve haver algum engano. Eu disse claramente a Bartholomew que estaríamos aqui. Mesmo assim, não há luz na janela dele. Não sei o que pensar.

— Ele sempre protege a casa dessa maneira? — perguntou Holmes.

— Sim, ele segue o costume do nosso falecido pai. Era o filho preferido, e às vezes penso que meu pai pode ter lhe dito mais do que chegou a me contar. Aquela é a janela de Bartholomew, lá em cima, onde bate o luar. Está bem iluminada, mas não parece haver luz vinda de dentro.

— Nenhuma — disse Holmes. — Mas estou vendo uma luz naquela pequena janela ao lado da porta.

— Ah, é o quarto da governanta. É onde fica a velha sra. Bernstone. Ela pode nos contar o que aconteceu. Mas talvez seja melhor esperarem por um minuto ou dois... Se entrarmos todos juntos e ela não souber da nossa vinda, poderá ficar alarmada. Um momento! O que é isso?

Ele ergueu a lanterna, e sua mão tremeu até os círculos de luz cintilaram e vacilaram ao nosso redor. A srta. Morstan agarrou meu pulso, e todos nós sentimos o coração forte no peito, tentando ouvir o que poderia ser. Da casa veio o mais triste e miserável dos sons — o grito estridente de uma mulher assustada.

— É a sra. Bernstone — disse Sholto. — É a única mulher na casa. Esperem aqui. Voltarei logo. — Ele correu para a porta e bateu de sua maneira peculiar. Vimos uma mulher velha e alta deixá-lo entrar e tremer de prazer ao vê-lo.

— Ah, sr. Thaddeus, estou tão contente por ter vindo! Que bom que veio, sr. Thaddeus! — Ouvimos a repetição dessa frase até que a porta se fechou e a voz dela morreu em um monótono abafado.

Nosso guia deixara a lanterna conosco. Holmes balançou-a lentamente, e examinou a casa e os grandes montes de terra que se acumulavam pelo terreno. A srta. Morstan e eu ficamos juntos, de mãos dadas. O amor é uma coisa sutil e maravilhosa. Lá estávamos os dois, sem nunca termos nos visto antes daquele dia, sem ter trocado uma única palavra ou mesmo um olhar de afeto, mas naquele momento, em uma hora de problemas, nossas mãos procuraram instintivamente a do outro. Hoje acho maravilhoso, mas então me pareceu a coisa mais natural que ficássemos assim e, como ela me disse muitas vezes, havia nela também o instinto de recorrer a mim em busca de conforto e proteção. Então ficamos de mãos dadas, como duas crianças, e houve paz em nossos corações para todas as coisas escuras que nos rodeavam.

— Que lugar estranho! — disse ela, olhando em volta.

— Parece que todas as toupeiras da Inglaterra foram soltas aqui. Vi uma coisa parecida em uma colina perto de Ballarat.

— O motivo é o mesmo — disse Holmes. — Esses são os vestígios de quem busca um tesouro. Deve se lembrar de que passaram seis anos à procura. Não me admira que o terreno pareça uma mina de cascalho.

Naquele momento, a porta da casa se abriu, e Thaddeus Sholto saiu correndo com as mãos estendidas e terror nos olhos.

— Há alguma coisa de errado com Bartholomew! — gritou ele. — Estou assustado! Meus nervos não aguentam.

Ele estava, de fato, choramingando de medo, e seu rosto trêmulo e fraco espreitando do colarinho de astracã tinha a expressão indefesa de uma criança aterrorizada.

— Vamos para dentro — disse Holmes à sua maneira firme.

— Sim, venham! — suplicou Thaddeus Sholto. — Eu não me sinto capaz de dar instruções.

Todos o seguimos até ao quarto da governanta, que ficava do lado esquerdo da passagem. A senhora estava andando de um lado para o outro com um olhar assustado e dedos inquietos, mas a visão da srta. Morstan pareceu ter um efeito calmante sobre ela.

— Deus abençoe sua expressão doce e calma! — exclamou ela com um soluço histérico. — Fico tão bem em vê-la. Ah, mas hoje passei por duras provações!

Nossa companheira acariciou-lhe a mão fina e desgastada pelo trabalho e murmurou algumas palavras de conforto feminino que trouxeram de volta cor às suas bochechas pálidas.

— O chefe se trancou no quarto e não me responde — explicou ela. — Esperei o dia todo para ter notícias dele, pois ele gosta de ficar sozinho, mas há uma hora temi que alguma coisa estivesse errada, então subi e espreitei pelo buraco da fechadura. O senhor precisa subir até lá, sr. Thaddeus... precisa subir e ver por si mesmo. Eu conheço o sr. Bartholomew Sholto na alegria e na tristeza há dez longos anos, mas nunca o vi com uma expressão assim.

Sherlock Holmes pegou a lâmpada e foi em frente, pois os dentes de Thaddeus Sholto não paravam de bater. Ele estava tão abalado que precisei passar a mão pelo braço dele enquanto subíamos a escada. Seus joelhos tremiam sem parar. Holmes parou duas vezes para tirar a lente do bolso e examinar cuidadosamente as marcas que me pareciam meras manchas de pó no tapete de fibra de coco sobre a escada. Ele andou lentamente, degrau por degrau, segurando a lanterna e lançando olhares aguçados para todo lugar. A srta. Morstan ficara para trás com a governanta assustada.

O terceiro lance de escada terminou em um corredor reto e comprido, com uma grande imagem em tapeçaria indiana à direita e três portas à esquerda. Holmes avançou da mesma forma lenta e metódica enquanto nós nos mantínhamos em seus calcanhares, com as longas sombras escuras se estendendo pelo corredor. A terceira porta era a que procurávamos. Holmes bateu, mas não recebeu resposta. Tentou virar a maçaneta e forçá-la a abrir. No entanto, estava trancada por dentro — e por um ferrolho largo e resistente, como pudemos ver quando aproximamos a lanterna da porta. Com a chave virada, no entanto, o buraco da fechadura não estava inteiramente fechado. Sherlock Holmes abaixou-se para olhar e se levantou de novo instantaneamente, aspirando bruscamente.

— Há algo diabólico nisso, Watson — disse ele, mais abalado do que eu jamais o vira. — O que acha?

Inclinei-me para enxergar pelo buraco e recuei de horror. A luz da lua entrava na sala, e era brilhante, com um brilho vago e oscilante. Olhando diretamente para mim e suspenso, por assim dizer, no ar, pois todo o resto estava coberto pelas sombras, havia um rosto parecidíssimo com o de nosso companheiro, Thaddeus. A mesma cabeça alta e brilhante, a mesma coroa de cabelo ruivo, a mesma fisionomia pálida. Os traços estavam, no entanto, contorcidos em um sorriso terrível, um sorriso travado e antinatural, que, naquele quarto quieto e iluminado pela lua, era mais chocante do que qualquer carranca ou contorção. Era tão parecido com o rosto de nosso amigo que precisei olhar em volta para ter certeza de que ele ainda estava conosco. Depois me lembrei de que ele mencionara que o irmão e ele eram gêmeos.

— Isso é terrível! — disse a Holmes. — O que devemos fazer?

— Precisamos derrubar a porta — respondeu ele e, com um salto, pôs todo o seu peso sobre a fechadura.

Ela gemeu, mas não cedeu. Juntos, nos atiramos mais uma vez sobre ela. Desta vez ela cedeu com um estalido repentino, e nos encontramos dentro da câmara de Bartholomew Sholto.

Ela parecia ter sido montada como um laboratório químico. Uma fileira dupla de garrafas com rolhas de vidro havia sido colocada na parede oposta à porta, e a mesa escrivaninha estava cheia de bicos de Bunsen, tubos de ensaio e retortas. Nos cantos vimos garrafões de ácido em cestas de vime. Um deles parecia ter vazado ou se quebrado, pois um fluxo de líquido de cor escura tinha gotejado para fora dele, e o ar estava pesado com um odor pungente, semelhante ao do alcatrão. De um lado do quarto havia uma escada de mão em meio a um acúmulo de ripas e gesso, e acima dela havia uma abertura no teto, grande o suficiente para admitir a passagem de um homem. Ao pé da escada, uma longa corda fora atirada.

Junto à mesa, em uma poltrona de madeira, o dono da casa estava desconjuntado, com a cabeça afundada no ombro esquerdo e aquele sorriso horrível e impenetrável no rosto. Ele estava duro e frio, claramente morto havia muitas horas. Parecia-me que não só a expressão, mas todos os seus membros estavam torcidos da forma mais fantástica. Junto da mão sobre a mesa havia um instrumento peculiar — um cabo marrom sólido com uma cabeça de pedra como a de um martelo rudemente amarrada com um barbante grosseiro. Ao lado dela, uma folha rasgada de papel com algumas palavras rabiscadas. Holmes olhou para ela e a estendeu para mim.

— Veja — disse ele, levantando as sobrancelhas significativamente.

À luz da lanterna eu li, com um arrepio de horror: “O signo dos quatro.”

— Em nome de Deus, o que significa isso? — perguntei.

— Assassinato — respondeu ele, inclinando-se sobre o homem morto. — Ah, eu já esperava isso. Veja isso aqui!

Ele apontou para o que parecia ser um espinho longo e escuro preso à pele logo acima da orelha.

— Parece um espinho — exclamei.

— É um espinho. Pode retirá-lo. Mas tenha cuidado, pois está envenenado.

Eu o peguei entre meu dedo e o polegar. Saiu tão facilmente da pele que quase nenhuma marca foi deixada para trás. Uma pequena mancha de sangue mostrava o local da picada.

— Isso é um mistério insolúvel para mim — disse eu. — Tudo fica cada vez mais complicado.

— Pelo contrário — respondeu ele. — Fica cada vez mais claro. Só preciso de alguns detalhes para ter um caso interligado.

Quase tínhamos nos esquecido da presença de nosso companheiro depois de entrarmos na câmara. Ele ainda estava de pé na porta, a imagem do terror, torcendo as mãos e gemendo para si. De repente, ele irrompeu em um grito rouco.

— O tesouro desapareceu! — disse ele. — Roubaram o tesouro! Vejam o buraco por onde o pegamos. Eu o ajudei a resgatá-lo! Fui a última pessoa que o viu! Deixei-o aqui ontem à noite e ouvi quando ele trancou a porta.

A que horas foi isso?

— Às dez. E agora ele está morto. A polícia será chamada e eu serei suspeito de ter alguma coisa a ver com isso. Ah, sim, tenho certeza que sim. Acham que não, cavalheiros? Não acham que fui eu, acham? E eu os teria trazido aqui se fosse o culpado? Ai, meu Deus! Ai, meu Deus! Vou ficar louco! — Ele sacudia os braços e batia os pés em uma espécie de frenesim convulsivo.

— O senhor não tem motivos para temer, sr. Sholto — disse Holmes gentilmente, colocando a mão sobre o ombro do homem. — Siga o meu conselho e vá até a estação fazer a denúncia à polícia. Ajude-os como puder. Vamos esperar aqui até que volte.

O homenzinho obedeceu, meio embasbacado, e o ouvimos tropeçar escada abaixo no escuro.

CAPÍTULO VI

SHERLOCK HOLMES DÁ UMA DEMONSTRAÇÃO

— Agora, Watson — disse Holmes, esfregando as mãos —, temos meia hora só para nós. Vamos fazer bom uso dela. Meu caso está, como já disse, quase completo, mas não devemos pecar pelo excesso de confiança. Por mais simples que o caso pareça agora, pode haver alguma coisa mais profunda nisso tudo.

— Simples! — exclamei.

— Certamente — disse ele com ar de um professor clínico expondo um resultado para a turma. — Sente-se no canto para que suas pegadas não compliquem as coisas. Ao trabalho! Em primeiro lugar, como é que essas pessoas entraram aqui... e como é que saíram? A porta não foi aberta desde ontem à noite. Será que foi pela janela? — Ele levou a lâmpada até ela, murmurando observações em voz alta, mas dirigindo-as a si mesmo em vez de a mim. — A janela está trancada por dentro. A estrutura é sólida. Sem dobradiças. Vamos abri-la. Não há tubos de água por perto. O telhado está fora de alcance. No entanto, um homem subiu à janela. Choveu um pouco ontem à noite. Aqui, uma pegada no peitoril.

E aqui, uma marca circular de lama, e aqui mais uma vez no chão, e aqui junto à mesa. Veja, Watson! É uma bela amostra.

Eu olhei para os discos bem definidos de lama.

— Isso não é uma pegada — disse eu.

— É uma coisa muito mais valiosa para nós. É a impressão de um toco de madeira. Veja aqui, na base da janela, a marca da bota, uma bota pesada com um salto largo de metal, e ao lado dela está a marca do pé de madeira.

— É o homem da perna de pau.

— Exatamente. Mas houve outra pessoa, um aliado muito capaz e eficiente. Consegue escalar essa parede, doutor?

Olhei pela janela aberta. A lua ainda brilhava sobre aquele ângulo da casa. Estávamos a uns bons dezoito metros do chão e, de onde eu estava, não conseguia ver nenhum ponto de apoio para os pés, nem mesmo uma fenda entre os tijolos.

— É impossível — respondi.

— Sem ajuda, com certeza. Mas vamos supor que você tivesse um amigo aqui em cima, que jogou para você aquela boa corda ali no canto, prendendo uma das ponta ao gancho na parede. Nesse caso, acho que um homem ativo poderia subir sem problemas, perna de pau e tudo. Você iria embora, é claro, da mesma maneira, e seu aliado puxaria a corda, a desataria do gancho, fecharia e trancaria a janela por dentro, indo embora o mais rápido possível. Com um pequeno detalhe, que podemos notar aqui — continuou ele, dedilhando a corda. — Nosso amigo de perna de pau, embora fosse um bom alpinista, não era um marinheiro profissional. As mãos dele não eram calejadas. Minha lente revela mais de uma marca de sangue, principalmente na ponta da corda, da qual deduzo que ele jogou com tal velocidade que esfolou a pele da mão.

— Tudo parece muito certo — disse eu —, mas a coisa fica cada vez mais difícil. E esse misterioso aliado? Como ele entrou no cômodo?

— Sim, o aliado! — repetiu Holmes pensativamente. — Há características interessantes nesse aliado. Ele tira o caso do lugar-comum. Imagino que esse aliado vá abrir um novo caminho nos anais do crime neste país, embora casos paralelos tenham surgido na Índia e, se a minha memória não falha, na Senegâmbia.

— Como ele entrou, então? — reiterei. — A porta está trancada, a janela está inacessível. Foi pela chaminé?

— A lareira é pequena demais — respondeu ele. — Cheguei a considerar essa possibilidade.

— Como, então? — insisti.

— Você não está usando minha regra — disse ele, balançando a cabeça. — Quantas vezes eu já disse que, depois de eliminar o impossível, o que resta, *por mais improvável que seja*, deve ser a verdade? Sabemos que ele não entrou pela porta, pela janela ou pela chaminé. Também sabemos que ele não pode ter se escondido na sala, porque não há onde se esconder. Então de onde ele veio?

— Pelo buraco no telhado — exclamei.

— Exato. Só pode ter sido isso. Se puder segurar a lanterna para mim, por favor, vamos estender nossas pesquisas à sala acima, a sala secreta onde o tesouro foi encontrado.

Ele subiu os degraus e, agarrando uma viga com as mãos, enfiou-se no sótão. Depois, deitado de bruços, pegou a lanterna e a segurou para que eu pudesse segui-lo.

A câmara em que nos encontramos tinha cerca de três metros de um lado e dois do outro. O piso era formado pelas vigas, com travessas finas de madeira e gesso entre elas, de modo que, ao caminhar, era necessário pisar de trave em trave. O teto se elevava até um vértice e era evidentemente o forro do verdadeiro telhado da casa. Não havia móveis de nenhum tipo, e a poeira acumulada dos anos era espessa sobre o chão.

— Está vendo aqui? — perguntou Sherlock Holmes, colocando a mão contra a parede inclinada. — Este é um alçapão que dá para o telhado. Foi assim que o Número Um entrou. Vamos ver se conseguimos encontrar outros vestígios dele.

Ele segurou a lanterna junto ao piso e, enquanto o fazia, eu vi pela segunda vez naquela noite um olhar assustado dominar sua face. Quando acompanhei seu olhar, senti um calafrio. O piso estava coberto pelas marcas de um pé descalço, eram claras, bem definidas, perfeitamente formadas, mas mal chegavam à metade do tamanho dos de um homem comum.

— Holmes — sussurrei —, foi uma criança que fez essa coisa horrível.

Ele recuperou o autocontrole em um instante.

— Fiquei chocado por um momento — falou —, mas é tudo bastante natural. Minha memória falhou, ou deveria ter previsto isso. Não há mais nada para ser descoberto aqui. Vamos descer.

— Qual é a sua teoria, então, quanto àquelas pegadas? — perguntei avidamente depois de voltarmos à sala inferior.

— Meu caro Watson, tente fazer você mesmo uma pequena análise. — Seu tom era de impaciência. — Você conhece meus métodos. Aplique-os, e será instrutivo comparar resultados.

— Não posso conceber nada que cubra os fatos — respondi.

— Tudo vai ficar claro em breve — disse ele de uma forma descontraída. — Acho que não há mais nada de importante por aqui, mas vou procurar mesmo assim.

Ele tirou a lente e uma fita métrica, e correu pelo quarto de joelhos, medindo, comparando, examinando, com o nariz longo e fino a poucos centímetros das tábuas e os olhos brilhantes e profundos como os de um pássaro. Seus movimentos eram tão rápidos, silenciosos e furtivos como os de um cão de caça treinado seguindo um cheiro, que não pude deixar de pensar em como teria se tornado um criminoso terrível se tivesse voltado sua energia e sagacidade contra a lei em vez de exercê-las em sua defesa. Enquanto caçava, ele continuava murmurando para si mesmo até que, finalmente, irrompeu em uma exclamação de satisfação.

— Estamos com sorte! — disse ele. — Teremos pouquíssimos problemas agora. O Número Um teve a infelicidade de pisar em creosoto. Veja o contorno do pé pequeno aqui ao lado desta confusão malcheirosa. O garrafão foi rachado, como pode ver, e o material vazou.

— E o que tem? — perguntei.

— Ora, nós o pegamos, só isso. Eu conheço um cachorro que seguiria esse cheiro até o fim do mundo. Se uma matilha consegue seguir um cheiro por um condado, até onde um cão de caça treinado poderá seguir um cheiro tão pungente como este? É uma soma na regra dos três. A resposta nos dará o… A polícia chegou!

Podíamos ouvir passos pesados e vozes altas no andar de baixo, e a porta do corredor se fechou com um estrondo.

— Antes que subam — disse Holmes —, ponha a mão aqui no braço deste pobre sujeito, e aqui na sua perna. O que está sentindo?

— Os músculos estão duros como uma tábua — respondi.

— Pois é. Estão em um estado de contração extrema, ultrapassando em muito o *rigor mortis* habitual. Levando em conta essa distorção do rosto, esse sorriso hipocrático ou "*risus sardonicus*", como os antigos escritores o chamavam, que conclusão você pode tirar?

— Morte decorrente de algum poderoso alcaloide vegetal — respondi. — Alguma substância parecida com estricnina, que produziria o tétano.

— Foi a ideia que me ocorreu assim que vi os músculos contorcidos do rosto. Ao entrar na sala, procurei imediatamente os meios pelos quais o veneno tinha entrado no sistema dele. Como você viu, descobri um espinho introduzido ou alvejado sem grande força no couro cabeludo. Pode observar que a parte atingida estaria virada em direção ao buraco no teto se o homem estivesse sentado ereto na cadeira. Agora, examine o espinho.

Peguei-o com cuidado e o levei à luz da lanterna. Era longo, afiado e preto, com um aspecto vidrado perto do ponto, como se alguma substância gomosa tivesse secado sobre ele. A extremidade obtusa fora cortada e arredondada com uma faca.

— É um espinho inglês? — perguntou ele.

— Não, certamente não.

— Com todos esses dados, você deve ser capaz de tirar algumas conclusões. Mas aqui estão as forças regulares, então as auxiliares podem bater em retirada.

Enquanto ele falava, os passos que se aproximavam soavam mais altos no corredor, e um homem muito robusto e imponente, vestindo um terno cinza, entrou no quarto. Tinha um rosto vermelho, era corpulento e pletórico, com um par de olhos muito pequenos e cintilantes, que olhavam com atenção por entre bolsas inchadas. Ele foi seguido de perto por um inspetor de uniforme e pelo ainda palpitante Thaddeus Sholto.

— Ora! — exclamou ele com uma voz abafada e rouca. — Que situação! Quem são esses? A casa parece estar cheia feito uma toca de coelho!

— Acho que deve se lembrar de mim, sr. Athelney Jones — disse Holmes.

— Ah, claro que sim! — arquejou o homem. — É o sr. Sherlock Holmes, o teórico. Lembrar-me do senhor! Nunca me esquecerei de como nos deu aulas sobre causas, inferências e efeitos no caso das joias Bishopgate. É verdade que o senhor nos colocou no caminho certo, mas agora dirá que foi mais por sorte do que por boa orientação.

— Foi um caso de raciocínio muito simples.

— Ora, pare com isso! Nunca tenha vergonha de admitir seus dons. Mas o que é tudo isso? Que horror! Que horror! Fatos inflexíveis, sem espaço para teorias. Que sorte que eu estava em Norwood por causa de outro caso! Estava na estação quando a mensagem chegou. Do que acha que o homem morreu?

— Ah, esse não é um caso para teorias — disse Holmes ironicamente.

— Não, não. Mesmo assim, não podemos negar que o senhor costuma acertar em cheio. Minha nossa! Porta fechada, pelo que entendo. Faltam joias no valor de meio milhão. Como estava a janela?

— Fechada, mas há pegadas no peitoril.

— Ora, se estava fechada, os passos podem não ter nada a ver com o assunto. Isso é senso comum. O homem poderia ter morrido em um ataque dos nervos, mas as joias desapareceram. Ah, eu tenho uma teoria. Esses lampejos por vezes me acometem. Vá para fora, sargento, e o senhor também, sr. Sholto. Seu amigo pode ficar. O que acha disso, Holmes? Sholto esteve, por confissão própria, com o irmão ontem à noite. O irmão morreu de um ataque de nervos e Sholto saiu com o tesouro. Que tal?

— E então o morto se levantou e trancou a porta por dentro.

— Hum! Vejo uma falha. Vamos aplicar o bom senso. Thaddeus Sholto *esteve* com o irmão, *houve* uma briga... disso nós sabemos. O irmão está morto e as joias desapareceram. Também sabemos disso. Ninguém mais viu o irmão desde que Thaddeus o deixou. A cama está intocada. Thaddeus está evidentemente em um estado muito perturbado. A aparência dele não é... bem, não está boa. Pode ver que estou tecendo minha teia em volta de Thaddeus. A rede começa a se fechar sobre ele.

— O senhor ainda não sabe dos fatos — disse Holmes. — Esta lasca de madeira, que tenho todos os motivos para acreditar estar envenenada, estava no couro cabeludo do homem, onde ainda pode se ver a marca. Esta carta, inscrita como se vê, estava sobre a mesa, e ao lado dela estava este curioso instrumento de cabeça de pedra. Como é que tudo isso se encaixa na sua teoria?

— Confirma-a em todos os aspectos — disse o detetive gordo pomposamente. — A casa está cheia de curiosidades indianas. Thaddeus trouxe isto à tona, e se esta lasca estiver envenenada, Thaddeus pode muito bem tê-la usado no assassinato como qualquer outro homem. O cartão só pode ser um disfarce. A única questão é... como ele saiu do cômodo? Ah, claro, um buraco no telhado.

Com grande rapidez, considerando seu volume, o homem subiu os degraus e se espremeu até o sótão, e logo depois ouvimos sua voz exultante proclamando que havia encontrado a porta do alçapão.

— Ele pode encontrar algo — comentou Holmes, dando de ombros. — Ele tem vislumbres ocasionais da razão. *Il n'y a pas des sots si incommodes que ceux qui ont de l'esprit*!

— Vejam! — disse Athelney Jones, reaparecendo pela escada. — Fatos são melhores do que meras teorias, afinal de contas. Minha opinião sobre o caso está confirmada. Há um alçapão que se comunica com o telhado, e ele está parcialmente aberto.

— Fui eu que abri.

— Ah, é mesmo? Já havia encontrado, então? — Ele pareceu se abater com essa descoberta. — Bem, isso não importa. A porta prova como nosso cavalheiro escapou. Inspetor!

— Sim, senhor.

— Peça ao sr. Sholto que venha até aqui. Sr. Sholto, é meu dever informá-lo de que tudo o que disser poderá ser usado contra o senhor. Está preso em nome da Rainha como culpado pela morte do seu irmão.

— Ora essa! — exclamou o pobre homenzinho, jogando as mãos para o alto e olhando para nós.

— Não se preocupe com isso, sr. Sholto — disse Holmes. — Acho que posso livrá-lo da acusação.

— Não prometa o que não pode cumprir, sr. teórico! — respondeu o detetive. — Pode acabar descobrindo que é mais difícil do que pensa.

— Não apenas o inocentarei, sr. Jones, como lhe darei de presente o nome e a descrição de uma das duas pessoas que estiveram nesta sala ontem à noite. O nome dele, tenho todas as razões para acreditar, é Jonathan Small. Ele é um homem pouco instruído, pequeno, ativo, sem a perna direita, que foi substituída por um toco de madeira que está desgastado pelo lado de dentro. A bota esquerda desse homem tem uma sola grossa, quadrada, com uma faixa de ferro no calcanhar. Ele é um homem de meia-idade, muito queimado pelo sol, e foi um condenado. Essas poucas indicações podem ser de alguma ajuda para o senhor, assim como o fato de que lhe falta uma boa quantidade de pele na palma da mão. O outro homem...

— Ah! O outro homem...? — perguntou Athelney Jones com uma voz de escárnio, mas impressionado, como pude observar com facilidade, pela precisão da maneira do outro.

— É uma pessoa muito curiosa — continuou Sherlock Holmes, virando-se. — Espero poder apresentá-lo aos dois em breve. Venha comigo, Watson.

Ele me levou ao topo da escadaria.

— Esse acontecimento inesperado — disse ele — fez com que perdêssemos de vista o propósito original da empreitada.

— É o que eu estava pensando — respondi. — Não é certo que a srta. Morstan permaneça nesta casa.

— Não. Você deve acompanhá-la até a casa dela. Ela mora com a sra. Cecil Forrester, em Lower Camberwell, não é muito longe. Vou esperar por você aqui, se decidir voltar. Ou será que está cansado?

— De forma alguma. Acho que não poderia descansar até saber mais sobre este fantástico acontecimento. Vi muito da dureza da vida, mas dou a minha palavra de que essa sucessão rápida de estranhas surpresas abalou completamente minha coragem. Ainda assim, quero ver o fim de tudo isso agora que cheguei tão longe.

— Sua presença será de grande ajuda para mim — respondeu ele. — Resolveremos o caso de forma independente e deixaremos que esse Jones se exulte com qualquer ilusão que conseguir descobrir. Depois que se despedir da srta. Morstan, quero que vá até Pinchin Lane, nº 3, perto da margem do rio em Lambeth. A terceira casa à direita é de um taxidermista chamado Sherman. Você verá uma doninha segurando um coelho na janela. Chame o velho Sherman e diga-lhe, com os meus cumprimentos, que preciso de Toby imediatamente. Você vai trazer Toby de volta para a carruagem consigo.

— Um cão, suponho.

— Sim, um vira-lata com um olfato espantoso. Prefiro a ajuda de Toby do que de toda a força de detetives de Londres.

— Farei o que me pede — disse eu. — É uma hora agora. Estarei de volta antes das três, se conseguir arranjar um cavalo descansado.

— E eu — disse Holmes — verei o que posso descobrir com a sra. Bernstone e com o criado indiano, que, de acordo com o sr. Thaddeus, dorme no sótão ao lado. Depois disso estudarei os métodos do grande Jones e ouvirei seus sarcasmos não muito delicados. "*Wir sind gewohnt dass die Menschen verhöhnen was sie nicht verstehen.*" Goethe é sempre incisivo.

CAPÍTULO VII

O EPISÓDIO DO BARRIL

A polícia trouxera consigo uma carruagem, e nela pude escoltar a srta. Morstan de volta para casa. À moda angelical das mulheres, ela aguentara os problemas com um rosto calmo na presença de uma pessoa que necessitava de um ombro amigo, e eu a tinha encontrado plácida ao lado da governanta assustada. Na carruagem, no entanto, ela primeiro ficou fraca, e depois explodiu em lágrimas — quão pesadas haviam sido as aventuras daquela noite. Ela me disse depois que me achou frio e distante naquela viagem. Mal sabia ela da luta dentro do meu peito ou do esforço de autocontenção que me prendia. Minhas simpatias e meu amor doíam por ela, tal como minha mão agira automaticamente no jardim. Era como se anos de convencionalidades da vida não me pudessem ensinar sua natureza doce e corajosa como aquele dia de estranhas experiências. No entanto, dois pensamentos selaram as palavras de afeto nos meus lábios. Ela estava fraca e indefesa, abalada na mente e nos nervos. Impor afeição em um momento assim seria me aproveitar dela. Pior ainda, ela era rica. Se as pesquisas de Holmes tivessem sucesso, ela seria uma herdeira. Era justo, era honrado que um cirurgião de meio salário se aproveitasse de uma intimidade que o acaso tinha trazido? Será que ela não olharia para mim como um mero aproveitador? Não podia suportar o risco de que tal pensamento lhe passasse pela cabeça. O tal tesouro de Agra intervinha como uma barreira intransponível entre nós.

Eram quase duas horas quando chegamos à casa da sra. Cecil Forrester. Os criados haviam se retirado havia horas, mas a sra. Forrester estava tão interessada na estranha mensagem que a srta. Morstan havia recebido que ficara acordada esperando o retorno dela. Ela mesma abriu a porta, uma mulher graciosa de meia-idade, e fiquei feliz em ver como seu braço passou ternamente pela cintura da outra e como era maternal a voz com que a saldou. Ela era claramente mais do que uma simples criada — era uma amiga honrada. Fui apresentado, e a sra. Forrester me implorou para entrar e contar-lhe nossas aventuras. Expliquei, porém, a importância de minha tarefa e prometi fielmente visitá-las e relatar qualquer progresso que pudéssemos ter com o caso.

Quando nos separamos, olhei para trás. Ainda consigo ver aquele pequeno grupo no degrau, as duas figuras abraçadas, a porta semiaberta, a luz do corredor a brilhar pelos vidros manchados, o barômetro e as escadas brilhantes. Era reconfortante ter aquele vislumbre passageiro de uma tranquila casa inglesa em meio ao mistério selvagem e sombrio que nos havia absorvido.

E quanto mais eu pensava no que havia acontecido, mais selvagem e mais sombrio tudo me parecia. Repassei toda a extraordinária sequência de acontecimentos enquanto passava pelas ruas silenciosas iluminadas a gás. Havia o problema original: isso, pelo menos, era bastante claro agora. A morte do capitão Morstan, o envio das pérolas, o anúncio, a carta — tínhamos esclarecido todos esses acontecimentos. No entanto, eles só nos haviam levado a um mistério mais profundo e muito mais trágico. O tesouro indiano, o curioso plano encontrado entre a bagagem de Morstan, a estranha cena da morte do major Sholto, a redescoberta do tesouro seguida pelo assassinato do descobridor, a situação do crime, as pegadas, as armas notáveis, as palavras na carta — correspondentes às do mapa do capitão Morstan. Era um labirinto em que um homem menos singularmente dotado do que o meu companheiro poderia muito bem entrar em desespero com a tentativa de encontrar a saída.

Pinchin Lane era uma fileira de casas de tijolo de dois andares no bairro inferior de Lambeth. Precisei bater durante algum tempo à porta do número 3 antes de poder me apresentar. Finalmente, porém, vi o brilho de uma vela atrás da cortina, e um rosto me encarou pela janela superior.

— Vá embora, seu vagabundo bêbado — disse ele. — Se você fizer mais barulho, vou abrir os canis e soltar 43 três cães em cima de você.

— Se deixar sair um só, vai ser exatamente o que vim buscar — comentei.

— Vá embora! — gritou a voz. — Deus é prova de que eu tenho uma víbora aqui comigo, e juro que vou soltá-la em cima de você se não der o fora.

— Mas eu quero um cachorro — exclamei.

— Não vou mais discutir! — gritou o sr. Sherman. — Vou contar até três!

— O sr. Sherlock Holmes… — comecei, mas as palavras tiveram um efeito mágico, pois a janela se fechou instantaneamente e, em um minuto, a porta foi destrancada e aberta. O sr. Sherman era um velho magricela de ombros inclinados, pescoço tenso e óculos azulados.

— Um amigo do sr. Sherlock é sempre bem-vindo — disse ele. — Entre, senhor. Não chegue perto do texugo, ele morde. Ah, seu malvado, quer morder o cavalheiro? — Isso foi dito a um arminho, que esticou a cabeça e os olhos vermelhos entre as barras da gaiola. — Não se preocupe, senhor. É inofensivo. Ele não tem presas, então deixo-o solto no cômodo para afastar os besouros. Queira me perdoar o pavio curto com que o recebi, mas é que as crianças riem de mim, e muitos vêm aqui para encher o saco. Do que é que o sr. Sherlock Holmes precisa, senhor?

— De um cão.

— Ah! O Toby.

— Sim, esse mesmo.

— O Toby fica no número 7, à esquerda.

Ele avançou lentamente com a vela por entre a estranha família de animais que tinha reunido à sua volta. Na luz incerta e tremulante eu conseguia ver olhos brilhantes por todos os cantos. Até mesmo as vigas acima de nossas cabeças estavam forradas por aves solenes, que mudavam preguiçosamente o peso de uma perna para a outra enquanto nossas vozes perturbavam seu sono.

Toby revelou ser uma criatura feia, de pelo comprido e orelhas caídas, misto de *spaniel* e *lurcher*, marrom e branco, com um andar muito desajeitado. Ele aceitou, depois de certa hesitação, um pedaço de açúcar que o velho naturalista me entregou e, tendo assim selado uma aliança, seguiu-me até a carruagem sem dificuldades para me acompanhar. O relógio do Palace havia acabado de bater três horas quando me encontrei de volta em Pondicherry Lodge. O ex-lutador McMurdo havia, pelo que descobri, sido preso como cúmplice, e tanto ele quanto o sr. Sholto haviam sido levados à estação. Dois guardas protegiam o portão estreito, mas me deixaram passar com o cão à menção do nome do detetive.

Holmes estava à porta com as mãos nos bolsos, fumando seu cachimbo.

— Ah, aí está ele! — disse. — Bom cachorro! Atheney Jones foi embora. Tivemos uma grande demonstração de energia desde a sua partida. Ele prendeu não apenas nosso amigo Thaddeus, mas também o porteiro, a governanta e o criado indiano. Temos o lugar para nós dois, a não ser por um sargento lá em cima. Deixe o cão aqui e suba.

Amarramos Toby à mesa da entrada e subimos a escada. O cômodo estava como ele o tinha deixado, salvo por um lençol cobrindo a figura central. Um sargento de polícia cansado estava encostado no canto.

— Sargento, me empreste sua lanterna e a prenda ao meu pescoço, de forma que fique pendurada na minha frente. — disse meu companheiro. — Obrigado. Agora preciso descalçar as botas e meias. Fique com elas, Watson. Farei uma pequena escalada. E vou mergulhar meu lenço no creosoto. Isso. Agora, venha comigo até o sótão por um momento.

Nós subimos pelo buraco. Holmes lançou a luz mais uma vez sobre as pegadas no pó.

— Observe muito bem essas pegadas — disse ele. — Está vendo alguma coisa digna de nota sobre elas?

— Elas pertencem — disse eu — a uma criança ou uma mulher pequena.

— Tirando o tamanho. Não há mais nada?

— São como qualquer outra pegada.

— De forma alguma. Olhe aqui! Essa é a impressão de um pé direito no pó. Agora, vou fazer o mesmo com meu próprio pé descalço ao lado dela. Qual é a principal diferença?

— Seus dedos estão todos juntos. Os dedos estão separados na outra pegada.

— Pois é. Essa é a questão. Não se esqueça disso. Agora, poderia gentilmente ir até aquela janela e sentir o cheiro na borda da madeira? Ficarei aqui, pois tenho este lenço em mãos.

Fiz o que ele pediu e percebi imediatamente um forte cheiro de piche.

— Foi aí que ele apoiou o pé para sair. Se *você* consegue sentir o cheiro, acredito que Toby não terá dificuldade. Corra lá para baixo e solte o cão.

Quando saí para o terreno, Sherlock Holmes estava no telhado, e eu podia vê-lo como um enorme vaga-lume rastejando muito lentamente pela cumeeira. Perdi-o de vista quando passou por trás de um conjunto de chaminés, mas ele logo reapareceu, e depois desapareceu mais uma vez do lado oposto. Quando dei a volta, encontrei-o sentado sobre um dos beirais.

— É você, Watson? — gritou ele.

— Sim.

— Este é o lugar. O que é essa coisa preta aí embaixo?

— Um barril de água.

— Tampado?

— Sim.

— Nenhum sinal de escada?

— Não.

— Ora só! É um lugar muito perigoso. Devo ser capaz de descer por onde ele subiu. O cano d'água parece firme. Aqui vou eu.

Ouvi um arrastar de pés, e a lanterna começou a descer pela parede lateral. Então, com um pulo, ele chegou ao barril, e de lá ao chão.

— Foi fácil segui-lo — disse ele, vestindo as meias e botas. — Encontrei telhas soltas no caminho e, na pressa, ele deixou cair isso aqui. Confirma meu diagnóstico, como vocês, médicos, dizem.

O objeto que ele levantou era uma pequena bolsa colorida com algumas contas espalhafatosas em volta. Em forma e tamanho, não era diferente de uma cigarreira. Dentro dela, havia meia dúzia de farpas de madeira escura, afiadas em uma ponta e arredondadas na outra, como a que tinha atingido Bartholomew Sholto.

— Coisinhas infernais — disse ele. — Cuidado. Fico encantado de tê-las aqui, pois é provável que ele não tenha mais. Fico menos receoso de encontrarmos uma em nossa pele. Preferia enfrentar uma bala Martini. O que acha de uma caminhada de dez quilômetros, Watson?

— Vamos lá — respondi.

— Sua perna vai aguentar?

— Ah, sim.

— Aqui está você, cachorro! O bom velho Toby! Cheire, Toby, cheire!

Ele empurrou o lenço com creosoto para debaixo do focinho do cão enquanto a criatura ficou de pé com as patas peludas separadas e um inclinar muito cômico da cabeça, como um conhecedor farejando o *bouquet* de uma famosa vindima. Holmes então atirou o lenço para longe, prendeu uma corda robusta ao colarinho do vira-lata e o levou até o pé do barril de água. O cachorro irrompeu instantaneamente em uma sucessão de latidos e tremeliques e, com o nariz no chão e a cauda no ar, correu pela estrada em um ritmo que esticava a coleira e nos mantinha no máximo de nossa velocidade.

O leste começara a clarear, e agora podíamos ver um pouco melhor na fria luz cinza. A casa gigantesca e quadrada, com suas janelas escuras, vazias e altas, paredes nuas, levantava-se triste e abandonada atrás de nós. Nosso percurso atravessou o terreno, entrando e saindo entre as trincheiras e os fossos com que ele havia sido marcado. Todo o lugar, com suas pilhas de terra espalhadas e arbustos mal cultivados, tinha um ar maléfico e mal-humorado que parecia combinar com a tragédia que pairava sobre ele.

Ao chegar ao muro da fronteira, Toby correu, ganindo avidamente, pela sombra, e parou finalmente em um canto protegido por uma faia.

No ponto em que os dois muros se uniam, vários tijolos haviam sido soltos, e as fendas deixadas ali estavam gastas e arredondadas na parte inferior, como se tivessem sido usadas como escada. Holmes escalou a parede e, tirando o cão de mim, levou-o para o outro lado.

— Veja a impressão da mão do homem da perna de pau — comentou ele enquanto eu subia. — Dá para ver a mancha de sangue sobre o gesso branco. Que sorte que não tivemos chuva forte desde ontem! O cheiro ainda estará na estrada, apesar das 28 horas passadas.

Confesso que eu tinha minhas dúvidas ao refletir sobre o grande tráfego que passara pela estrada de Londres nesse intervalo. Mas meus receios foram logo apaziguados. Toby nunca hesitou nem se desviou do caminho — seguiu em frente com seu jeito peculiar. O cheiro pungente do creosoto claramente se destacava acima de todos os outros odores.

— Não pense — disse Holmes — que meu sucesso neste caso depende da mera chance de um desses homens ter colocado o pé no químico. Tenho conhecimentos que me permitiriam rastreá-los de muitas maneiras diferentes, mas esta é a mais rápida e, já que a sorte a pôs em nossas mãos, eu estaria errado em negligenciá-la. No entanto, confesso que ela impediu que o caso fosse o pequeno problema intelectual que prometeu ser. Pode ter havido algum crédito a ganhar com isso, a não ser por esta pista palpável.

— Há crédito de sobra — retruquei. — Posso garantir, Holmes, que fico maravilhado pelos meios como você conseguiu seus resultados nesse caso, ainda mais do que no homicídio de Jefferson Hope. A coisa me parece ser muito mais profunda e inexplicável. Como, por exemplo, descreveu com tanta confiança o homem de perna de pau?

— Ora, meu caro rapaz! Foi extremamente simples. Não quero ser teatral, mas estava tudo muito óbvio. Dois oficiais no comando de um condenado descobrem um segredo importante sobre um tesouro enterrado. Um inglês chamado Jonathan Small desenha um mapa para eles. Lembra que vimos o nome na carta em posse do capitão Morstan? Ele assinou em seu nome e em nome de seus associados... o signo dos quatro, como ele chamou de forma um tanto dramática. Ajudados por essa carta, os oficiais, ou um deles, pegam o tesouro e o trazem para a

Inglaterra, deixando em aberto alguma condição sob a qual o receberam. Por que Jonathan Small não pegou o tesouro por conta própria? A resposta é óbvia. O mapa é datado de uma época em que Morstan esteve muito próximo dos prisioneiros. Jonathan Small não conseguiu o tesouro porque ele e seus associados eram eles próprios condenados e não podiam fugir.

— Mas isso é mera especulação.

— É mais do que isso. É a única hipótese que explica os fatos. Vamos ver como ela se encaixa nos acontecimentos. O major Sholto permanece em paz por alguns anos, feliz na posse de seu tesouro. Então ele recebe uma carta da Índia que lhe dá um grande susto. O que era?

— Uma carta para dizer que os homens a quem tinha feito mal tinham sido libertados.

— Ou escapado. Isso é muito mais provável, pois ele teria sabido qual era a pena de prisão deles. Não teria sido uma surpresa. O que é que ele faz, então? Ele se protege contra um homem de perna de pau. Um homem branco, veja bem, pois ele confunde um comerciante branco e dispara uma pistola contra o homem. Agora, só há um nome de homem branco no mapa. Os outros são hindus ou maometanos. Não há outro homem branco. Portanto, podemos dizer com confiança que o homem de perna de pau é idêntico a Jonathan Small. O raciocínio parece errado para você?

— Não. É claro e conciso.

— Bem, agora, vamos nos colocar no lugar de Jonathan Small. Vejamos a situação do ponto de vista dele. Ele chega à Inglaterra com a ideia dupla de recuperar o que considera ser seu por direito e ter sua vingança contra o homem que o havia prejudicado. Ele descobre onde Sholto mora, e muito possivelmente estabelece comunicação com alguém dentro da casa. Há um mordomo, Lal Rao, que ainda não conhecemos. A sra. Bernstone não me passou uma boa impressão sobre ele. Small não consegue descobrir, porém, onde o tesouro estava escondido, pois ninguém jamais soube, a não ser pelo major e um servo fiel, que morreu. De repente, Small descobre que o major está em seu leito de morte. Num frenesim, para que o segredo do tesouro não morra com ele, ele vai até a janela do moribundo e só é dissuadido de entrar pela presença dos dois filhos. Louco de ódio contra o morto, ele entra no quarto naquela noite, revira documentos particulares na esperança de descobrir algo relacionado ao tesouro e deixa uma lembrança de sua visita: a pequena inscrição no cartão. Sem dúvida nenhuma, ele havia planejado deixar algum registro desse tipo no corpo caso matasse o major, como sinal de que não era um assassinato comum, mas, do ponto de vista dos quatro associados, um ato de justiça. Conceitos caprichosos e bizarros desse tipo são bastante comuns nos anais do crime, e geralmente fornecem indicações valiosas sobre o criminoso. Está entendendo?

— Muito claramente.

— Agora, o que Jonathan Small poderia fazer? Sua única opção era continuar a vigiar em segredo os esforços para encontrar o tesouro. É possível que ele saia da Inglaterra e só volte de vez em quando. E então temos a descoberta do sótão, sobre a qual ele é imediatamente informado. Mais uma vez, rastreamos a presença de algum informante na casa. Jonathan, com sua perna de pau, é incapaz de chegar ao quarto elevado de Bartholomew Sholto. Ele leva consigo, no entanto, um cúmplice bastante curioso, que supera essa dificuldade, mas mergulha o pé descalço em creosoto. É aí que entram Toby e uma caminhada de dez quilômetros para um oficial com um tendão de Aquiles machucado.

— Mas foi o cúmplice, e não Jonathan, que cometeu o crime.

— Exatamente. E Jonathan não gostou nada disso, a julgar pela forma como bateu o pé pelo cômodo. Ele não guardava rancor contra Bartholomew Sholto, e teria preferido que ele tivesse sido simplesmente amarrado e amordaçado. Ele não queria se arriscar tanto assim. Mas não dava para evitar. Os instintos selvagens do companheiro entraram em ação e o veneno fez seu trabalho. Jonathan Small deixou seu registro, pegou a caixa do tesouro e foi embora. Isso foi tudo o que aconteceu, até onde consigo decifrar. Claro que, quanto à aparência pessoal do homem, ele deve ser de meia-idade, e deve estar queimado de sol depois de cumprir seu tempo em um forno como o das ilhas Andamão. A altura pode ser prontamente calculada pelo comprimento da pegada, e sabemos que ele era barbudo. A quantidade de cabelo foi o único ponto que impressionou a Thaddeus Sholto quando ele o viu na janela. Não sei se há mais o que dizer.

— E o cúmplice?

— Ah, bem, esse não é um grande mistério. Mas logo você saberá tudo sobre isso. Que ótima manhã! Veja como aquela pequena nuvem flutua como a pluma cor-de-rosa de um flamingo gigantesco. Agora a borda vermelha do sol se debruça pelo banco de nuvens de Londres. Brilha para muitas pessoas, mas para nenhuma, atrevo-me a apostar, em uma busca mais estranha do que nós. Como nos sentimos pequenos com nossas ambições e lutas na presença das grandes forças elementares da natureza! Conhece Jean Paul?

— Um pouco. Entrei em contato com ele através de Carlyle.

— Foi como seguir o riacho até o rio principal. Ele faz uma observação curiosa, mas profunda. É que a maior prova da verdadeira grandeza do homem está na sua percepção da própria pequeneza. Argumenta-se um poder de comparação e apreciação que é, em si, uma prova de nobreza. Há muito para se pensar em Richter. Você não teria uma pistola, teria?

— Tenho minha bengala.

— É possível que precisemos de alguma coisa do gênero se chegarmos ao covil. Deixarei Jonathan com você, mas, se o outro resolver revidar, terei que matá-lo.

Ele tirou o revólver enquanto falava e, depois de carregar dois cartuchos, voltou a colocá-lo no bolso direito do casaco.

Durante esse tempo, tínhamos seguido a orientação de Toby pelas estradas semirrurais que levam à metrópole. Agora, porém, estávamos começando a entrar por ruas contínuas, onde operários e estivadores já estavam agitados, e mulheres desmazeladas abriam persianas e varriam as entradas das casas. Nas esquinas, os bares acabavam de abrir. Homens de aparência bruta emergiam, esfregando as barbas nas mangas depois do primeiro trago do dia. Cães estranhos passavam e nos olhavam espantados, mas nosso inimitável Toby não se distraía, trotando adiante com o focinho no chão e um ávido ganido ocasional, prometendo uma boa pista.

Tínhamos atravessado Streatham, Brixton e Camberwell. Agora nos encontrávamos em Kennington Lane, depois de termos atravessado as ruas laterais a leste de Oval. Os homens que perseguíamos pareciam ter tomado uma curiosa estrada em ziguezague, provavelmente tentando escapar de uma investigação. Nunca tomavam a rua principal. No fim de Kennington Lane, tinham se desviado pela Bond Street e Miles Street. Onde esta última rua se transforma em Knight's Place, Toby parou e começou a correr para trás e para a frente com uma orelha empinada e a outra caída, o quadro da indecisão canina. Em seguida, começou a andar em círculos, olhando para nós de vez em quando, como se pedisse simpatia no seu embaraço.

— O que está acontecendo com o cão? — rosnou Holmes. — Eles certamente não pegariam uma carruagem nem partiriam num balão.

— Talvez tenham ficado aqui por algum tempo — sugeri.

— Ah! Pronto, aí vai ele de novo — disse o meu companheiro em um tom de alívio.

Depois de farejar novamente, o cachorro se decidira e disparara com uma energia e determinação diferente das que tinha até então. O cheiro parecia muito mais quente do que antes, pois ele nem sequer precisava aproximar o focinho do chão, mas puxava a corda e tentava correr. Eu podia ver pelo brilho nos olhos de Holmes que ele pensava que estávamos perto do fim da jornada.

Nosso trajeto desceu Nine Elms até chegarmos à grande madeireira de Broderick e Nelson, logo depois da taberna White Eagle. Aqui o cão, frenético de empolgação, enfiou-se pela porta lateral, e encontramos os serradores já trabalhando. O cão correu por serragem e aparas, desceu um beco, chegou ao fim de um corredor, entre duas pilhas de madeira e, finalmente, com um latido triunfante, saltou sobre um grande barril que ainda estava sobre o carrinho de mão em que fora trazido. Com a língua de fora e piscando os olhos, Toby ficou em cima do barril, olhando de um lado para o outro em busca de algum sinal de apreço. As varas do barril e as rodas do carrinho estavam lambuzadas de um líquido escuro, e todo o ar estava pesado com o cheiro de creosoto.

Sherlock Holmes e eu nos entreolhamos e explodimos simultaneamente em um incontrolável ataque de risos.

CAPÍTULO VIII

OS IRREGULARES DE BAKER STREET

— E agora? — perguntei. — Toby perdeu a infalibilidade.

— Ele agiu de acordo com suas luzes — disse Holmes, levantando-o do barril e levando-o para fora do local. — Se considerarmos a quantidade de creosoto que é usada em Londres todos os dias, não é de admirar que o rastro tenha sido cruzado. É um material muito utilizado agora, principalmente para madeira. A culpa não é do pobre Toby.

— Precisamos voltar ao cheiro principal, suponho.

— Sim. E, felizmente, não estamos longe. É evidente que o que intrigou o cão na esquina da Knight's Place foi que existiam duas trilhas diferentes em direções opostas. Seguimos a errada. Resta seguir a outra.

Não houve dificuldade naquilo. Ao levar Toby de volta ao lugar onde ele havia errado, o cachorro se lançou em um amplo círculo e finalmente saiu correndo em uma nova direção.

— Temos que ter cuidado para que ele não nos leve agora ao lugar de onde veio o barril de creosoto — observei.

— Cheguei a pensar nisso. Mas veja que ele segue pela calçada, enquanto o barril passava pela rua. Não, agora estamos no verdadeiro rastro.

O caminho tendia para a margem do rio, passando por Belmont Place e Prince's Street. No final da Broad Street, ele correu até a beira da água, onde havia um pequeno cais de madeira. Toby nos levou à beirada e lá ficou, ganindo e olhando para a corrente escura.

— Estamos sem sorte — disse Holmes. — Eles pegaram um barco aqui.

Diversos botes e esquifes se encontravam pela água e na borda do cais. Levamos Toby a cada um deles, mas, apesar de ele farejar seriamente, não deu nenhum sinal de que algum deles era o que procurávamos.

Perto da rude plataforma havia uma pequena casa de tijolo com uma placa de madeira pendurada na segunda janela. "Mordecai Smith" estava escrito em letras grandes e, embaixo, "Barcos para alugar à hora ou ao dia". Uma segunda inscrição acima da porta nos informou que tinham um barco a vapor — uma declaração que foi confirmada por uma grande pilha de carvão vegetal no píer. Sherlock Holmes olhou lentamente em volta, e seu rosto assumiu uma expressão sinistra.

— Isso não é nada bom — disse ele. — Esses homens são mais espertos do que eu esperava. Parecem ter encoberto os rastros. Temo que tenha havido aqui um plano pré-elaborado.

Ele estava se aproximando da porta da casa quando ela se abriu, e um pequeno rapaz de seis anos de cabelos encaracolados saiu correndo, seguido por uma mulher corpulenta de cara vermelha com uma grande esponja na mão.

— Volte já para o banho, Jack — gritou ela. — Seu diabinho. Se o seu pai chegar e encontrar você assim, ele vai dar uma bronca daquelas.

— Meu jovem! — disse Holmes estrategicamente. — Que jovem malandro de bochechas rosadas! Jack, você quer alguma coisa?

O menino ponderou por um momento.

— Quero um xelim — disse ele.

— Só isso?

— Quero dois xelins — respondeu o prodígio depois de pensar um pouco.

— Aqui está, então! Pegue! Uma ótima criança, sra. Smith!

— Abençoado seja, senhor, ele é isso e muito mais. Às vezes ele é demais para mim, principalmente quando meu homem passa muito tempo fora de casa.

— Ele está fora, então? — perguntou Holmes com uma voz decepcionada. — É uma pena, pois eu queria falar com o sr. Smith.

— Ele saiu ontem de manhã, senhor. Para dizer a verdade, já estou ficando preocupada. Mas se o assunto era um barco, talvez eu possa ajudar.

— Queria alugar o barco a vapor.

— Abençoado seja, senhor, mas foi no barco a vapor que ele saiu. É o que me intriga, pois sei que não havia mais combustível para ir e voltar de Woolwich. Se ele tivesse saído na barcaça, eu não acharia estranho. Ele já foi várias vezes a trabalho para lugares tão distantes quanto Gravesend, e então se houvesse muito a fazer lá ele poderia ter ficado. Mas de que serve um barco a vapor sem carvão?

— Ele pode ter comprado carvão mais para a frente no rio.

— Com certeza, senhor, mas não é costume dele. Já o ouvi muitas vezes reclamar dos preços que cobram por lá. Além disso, eu não gosto daquele homem de perna de pau, com aquela cara feia e aquele sotaque de fora. Por que será que ele não parava de vir aqui?

— Um homem da perna de pau? — perguntou Holmes, com uma leve surpresa.

— Sim, senhor, um homem moreno com cara de macaco que veio mais de uma vez atrás do meu velho. Foi ele que o acordou na noite de ontem. Além disso, meu marido sabia que ele estava vindo, pois deixou o barco pronto. Preciso dizer, senhor, que não estou nada tranquila com essa situação.

— Mas minha querida sra. Smith — disse Holmes, dando de ombros. — A senhora está se assustando por nada. Como é que pode saber que foi o homem de perna de pau que veio durante a noite? Não vejo como pode ter tanta certeza.

— A voz dele, senhor. Eu reconheci a voz dele, que é espessa e enevoada. Ele bateu na manivela, cerca de três horas. "Apareça, companheiro", falou. "Está na hora." Meu marido acordou Jim, meu filho mais velho, e eles saíram juntos, sem nem mesmo uma palavra para mim. Eu ouvi a perna de pau batendo nas pedras.

— E esse homem de perna de pau estava sozinho?

— Não tenho certeza, senhor. Eu não ouvi mais ninguém.

— Sinto muito, sra. Smith, porque eu queria um barco a vapor e ouvi bons relatos sobre o... Como é mesmo o nome dele?

— *Aurora*, senhor.

— Ah! Não é aquele velho barco verde com uma linha amarela, muito larga no travessão?

— Não, senhor. É uma coisinha pequena como qualquer outra no rio. Ele foi pintado recentemente de preto com duas riscas vermelhas.

— Obrigado. Espero que tenha notícias do sr. Smith em breve. Vou descer o rio agora e, se vir alguma coisa do *Aurora*, direi que a senhora está inquieta. A chaminé é preta?

— Não, senhor. Preta com uma faixa branca.

— Ah, é claro. É preto nas laterais. Tenha um bom dia, sra. Smith. Aqui há um barqueiro com uma barcaça, Watson. Vamos pegá-la e atravessar o rio.

"O principal com pessoas desse tipo — disse Holmes enquanto nos sentávamos na barcaça — é nunca deixar que pensem que as informações podem ser de importância para você. Se fizer isso, elas vão se calar instantaneamente como uma ostra. Se ouvir o que dizem sob protesto, por assim dizer, é muito provável que consiga o que deseja."

— Nosso curso agora parece bastante claro — disse eu.

— O que você faria?

— Desceria o rio à procura do *Aurora*.

— Meu caro amigo, essa seria uma tarefa colossal. Ele pode ter parado em qualquer cais entre aqui e Greenwich. Abaixo da ponte há um labirinto perfeito de locais de pouso por milhas. Levaria dias e dias para investigar tudo sozinho.

— Chame a polícia, então.

— Não. Provavelmente vou chamar Athelney Jones no último momento. Ele não é um mau sujeito, e eu não gostaria de fazer nada que o prejudicasse profissionalmente. Mas preciso resolver as coisas por conta própria agora que já chegamos tão longe.

— Poderíamos então anunciar, pedindo informações aos cais?

— Isso é ainda pior! Os homens saberiam da perseguição e fugiriam do país. É provável que queiram sair de qualquer jeito, mas não haverá pressa enquanto pensarem que estão seguros. A energia de Jones será útil para nós, pois sua visão do caso certamente se empurra para a imprensa diária, e os fugitivos pensarão que todos estão seguindo o caminho errado.

— O que faremos, então? — perguntei quando descemos perto da Penitenciária Millbank.

— Pegamos a carruagem, vamos para casa, tomamos o café da manhã e dormimos por uma hora. Está bem claro que continuaremos a investigação na noite de hoje. Pare em um telégrafo, taxista! Vamos ficar com Toby por enquanto, pois ele ainda pode nos ser útil.

Paramos na estação de correios da Great Peter Street, e Holmes enviou o telegrama.

— Para quem acha que enviei o telegrama? — perguntou ele enquanto retomávamos nossa viagem.

— Não faço ideia.

— Lembra a divisão da força policial de detetives de Baker Street que contratei no caso Jefferson Hope?

— Bem... — disse eu, rindo.

— Eles podem ser inestimáveis nesse caso. Se falharem, tenho outros recursos, mas vou experimentá-los primeiro. O telegrama foi para meu jovem e arteiro tenente, Wiggins. Espero que ele e seu bando estejam conosco antes de terminarmos o café da manhã.

Já havia passado das oito, e eu estava consciente de uma forte reação após as emoções da noite anterior. Eu estava exausto, com a mente embaçada e com o corpo cansado. Não possuía o entusiasmo profissional que carregava meu companheiro nem conseguia olhar para o assunto como um mero problema intelectual. Em relação à morte de Bartholomew Sholto, eu tinha ouvido pouco bem dele, e não sentia nenhuma antipatia intensa pelos assassinos. O tesouro, no entanto, era um assunto diferente. Esse, ou parte dele, pertencia por direito à srta. Morstan. Enquanto houvesse uma chance de recuperá-lo, eu estaria pronto para dedicar minha vida a esse único objetivo. Era verdade que, se o encontrasse, provavelmente a colocaria fora do meu alcance para sempre. No entanto, um amor influenciado por um pensamento assim seria mesquinho e egoísta. Se Holmes podia trabalhar para encontrar criminosos, eu tinha um motivo dez vezes mais forte para encontrar o tesouro.

Um banho em Baker Street e uma troca de roupas me refrescaram maravilhosamente. Quando desci ao nosso quarto, encontrei o café da manhã servido, com Holmes servindo o café.

— Veja só — disse ele, rindo e apontando para um jornal aberto. — O enérgico Jones e o onipresente repórter arranjaram tudo entre eles. Mas deve estar farto do caso. É melhor comer seu presunto e seus ovos primeiro.

Peguei o jornal das mãos dele e li a pequena notícia, cuja manchete era: "Mistério em Upper Norwood."

"Por volta da meia-noite da noite passada", dizia o *Standard*, "o sr. Bartholomew Sholto, de Pondicherry Lodge, Upper Norwood, foi encontrado morto em seu quarto, em circunstâncias que apontam para um jogo sujo. Até onde sabemos, não foram encontrados vestígios reais de violência no corpo do sr. Sholto, mas uma valiosa coleção de joias indianas que o falecido herdara do pai foi levada embora. A descoberta foi feita pelo sr. Sherlock Holmes e pelo dr. Watson, que visitavam a casa com o sr. Thaddeus Sholto, irmão do falecido. Por uma sorte singular, o sr. Athelney Jones, conhecido membro da força policial de detetives, estava na delegacia de Norwood, e chegou na casa meia hora depois do primeiro alarme. Suas faculdades treinadas e experientes foram imediatamente dirigidas para a captura de criminosos, com o gratificante resultado de que o irmão, Thaddeus Sholto, já foi preso juntamente com a governanta, sra. Bernstone, um mordomo indiano chamado Lal Rao e um porteiro chamado McMurdo. É sabido que o ladrão, ou os ladrões, conheciam bem a casa, pois os já conhecidos conhecimentos técnicos do sr. Jones, assim como seus poderes de observação minuciosa, permitiram-lhe provar conclusivamente que os bandidos não poderiam ter entrado pela porta ou pela janela, mas devem ter atravessado o telhado do edifício por um alçapão que levava a uma sala que se comunicava com o quarto em que o corpo foi encontrado. Esse fato, que foi muito evidenciado, prova conclusivamente que não se tratou de um mero roubo. A ação rápida dos oficiais da lei mostra a grande vantagem da presença em tais ocasiões de uma única mente vigorosa e magistral. Não podemos deixar de pensar que isso dá argumento àqueles que gostariam de ver nossos detetives mais descentralizados e, assim, mais próximos dos casos que têm o dever de investigar."

— Não é lindo? — perguntou Holmes, sorrindo sobre sua xícara de café. — O que acha disso?

— Acho que escapamos por pouco de sermos presos pelo crime.

— Concordo. Eu não poderia garantir nossa segurança agora, se ele tivesse outro dos seus ataques de energia.

Nesse momento a campainha soou, e eu pude ouvir a sra. Hudson, nossa senhoria, levantando a voz em um lamento de protesto e consternação.

— Por Deus, Holmes — comentei, ficando de pé. — Acho que estão mesmo atrás de nós.

— Não, não é nada tão grave. É a força não oficial, os irregulares de Baker Street.

Enquanto ele falava, ouvi um bater veloz de pés descalços na escada e um barulho de vozes altas. Uma dúzia de moleques de rua sujos e esfarrapados entra no cômodo. Havia certa demonstração de disciplina entre eles, apesar da entrada tumultuada, pois se puseram em fila instantaneamente e ficaram de frente para nós com rostos com expectativa. Um deles, mais alto e mais velho do que os outros, adiantou-se com um ar de superioridade que era muito engraçado em um espantalho tão desprezível.

— Recebi sua mensagem, senhor — disse ele —, e aqui estão eles. Três xelins e seis pence para as passagens.

— Aí estão vocês — disse Holmes, pegando talheres. — No futuro eles podem se apresentar a você, Wiggins, e você a mim. Não posso ter a casa invadida dessa maneira. No entanto, é bom que todos vocês ouçam as instruções. Quero encontrar o paradeiro de um barco a vapor chamado *Aurora*. O dono é Mordecai Smith. O barco é preto com duas faixas vermelhas, chaminé preta com uma faixa branca. Ele está em algum lugar no rio. Quero que um rapaz esteja vigiando a casa de Mordecai Smith, em frente ao Millbank, para dizer se o barco volta. Dividam-se e cubram as duas margens. Tratem de me informar quando tiverem alguma novidade. Tudo claro?

— Sim, chefe — disse Wiggins.

— A velha escala de pagamento, e uma guiné para quem encontrar o barco. Tomem um dia de adiantamento. Agora, vão!

Ele entregou um xelim a cada um e eles desceram a escada. Um momento depois, eu os vi correndo rua abaixo.

— Se o barco estiver acima da água, eles o encontrarão — disse Holmes ao se levantar da mesa e acender o cachimbo. — Eles podem se espalhar por todo lado e ver tudo, ouvir tudo o que dizem. Espero receber notícias antes do anoitecer. Enquanto isso, não podemos fazer mais nada senão esperar os resultados. Não podemos apanhar o rastro até encontrarmos o *Aurora* ou o sr. Mordecai Smith.

— Ouso dizer que Toby adoraria esses restos. Vai para cama, Holmes?

— Não, eu não estou cansado. Tenho uma constituição curiosa. Nunca me lembro de me sentir cansado pelo trabalho, embora a ociosidade me esgote completamente. Vou fumar e pensar nessa estranheza que nossa cliente trouxe até nós. Será uma tarefa muito fácil. Homens de pernas de pau não são tão comuns, mas o outro homem deve ser, penso eu, absolutamente único.

— Esse outro homem de novo!

— Não quero fazer dele um mistério… para você, é claro. Mas você deve ter formado sua própria opinião. Agora, considere os dados. Pegadas diminutas, dedos nunca presos por botas, pés nus, maça de madeira com cabeça de pedra, grande agilidade, pequenos dardos envenenados. O que acha de tudo isso?

— Um selvagem! — exclamei. — Talvez um dos associados de Jonathan Small.

— Dificilmente — disse ele. — Quando vi sinais de armas estranhas pela primeira vez, tendi a pensar assim. Mas o caráter notável das pegadas me levou a reconsiderar minha ideia. Alguns dos habitantes da Península Indiana são pequenos, mas nenhum poderia ter deixado marcas como aquelas. O hindu propriamente dito tem pés longos e finos. O maometano que usa sandálias tem o dedão do pé bem separado dos outros, porque a tira é comumente passada entre eles. Esses pequenos dardos também só poderiam ser disparados de uma maneira. São de uma zarabatana. Agora, diga-me, onde é que vamos encontrar nosso selvagem?

— América do Sul — arrisquei.

Ele esticou a mão para cima e tirou um livro volumoso da prateleira.

— Este é o primeiro volume de um dicionário geográfico que está sendo publicado. Pode ser encarado como a autoridade mais atualizada sobre o assunto. O que temos nós aqui? "Ilhas Andamão, situadas a 547 quilômetros ao norte de Sumatra, na baía de Bengala." Hum! Hum! O que é isso? Clima úmido, recifes de coral, tubarões, Port Blair, bárbaros condenados, Rutland Island, Cottonwoods... Ah, aqui. "Os aborígenes das ilhas Andamão talvez reivindiquem a distinção de serem a menor raça do mundo, ainda que alguns antropólogos prefiram os bosquímanos da África, os índios escavadores da América e os fueguinos. A altura média é de menos de um metro e meio, embora seja possível encontrar muitos adultos muito menores do que isso. Eles são um povo feroz, moroso e intratável, capaz de formar as amizades mais devotadas quando a sua confiança já foi conquistada." Marque isso, Watson. Agora, ouça: "São naturalmente horríveis, com cabeças grandes e deformadas, olhos pequenos e ferozes, assim como feições distorcidas. Seus pés e mãos, no entanto, são notavelmente pequenos. São tão intratáveis e ferozes que todos os esforços do oficial britânico falharam em conquistá-los. Sempre foram um terror para tripulações naufragadas, atacando os sobreviventes com seus tacos de cabeça de pedra ou atirando neles com suas flechas envenenadas. Esses massacres são invariavelmente concluídos por um banquete canibal." Gente simpática e amável, Watson! Se esse indivíduo tivesse sido deixado à sua própria sorte, este caso poderia ter tomado um rumo ainda mais sinistro. Imagino que, mesmo assim, Jonathan Small preferia não tê-lo usado.

— Mas como ele pode ter conseguido um companheiro tão singular?

— Ah, isso é mais do que posso dizer. Como, no entanto, já tínhamos determinado que Small veio da ilha, não é assim tão maravilhoso que esse ilhéu esteja com ele. Sem dúvida, saberemos tudo sobre isso. Você parece cansado, Watson. Deite-se no sofá, verei se consigo ajudá-lo a dormir.

Ele pegou seu violino em um canto e, enquanto eu me deitava, começou a tocar um ar baixo, sonhador e melodioso — de composição própria, sem dúvida, pois ele tinha um dom notável para improvisação. Tenho uma vaga lembrança de seus membros finos, seu rosto sério e a ascensão e queda do arco. Depois disso, senti meu corpo flutuar pacificamente por um suave mar de som até me encontrar na terra dos sonhos com o rosto doce de Mary Morstan olhando para mim.

CAPÍTULO IX

A CORRENTE SE ROMPE

Era fim da tarde quando acordei, fortalecido e bem-disposto. Sherlock Holmes ainda estava sentado exatamente como eu o tinha deixado, exceto que agora pusera de lado o violino e estava absorto em um livro. Ele olhou para mim quando me mexi, e notei que seu rosto estava sombrio e preocupado.

— Você dormiu bem — disse ele. — Temia que nossa conversa fosse acordá-lo.

— Eu não ouvi nada — respondi. — Teve notícias, então?

— Infelizmente, não. Confesso que estou surpreso e decepcionado. Esperava alguma coisa definitiva a esta altura. Wiggins acabou de passar aqui. Ele disse que não encontraram ainda vestígios do barco. É um empecilho chato, pois cada hora é importante.

— Posso fazer alguma coisa para ajudar? Estou recomposto agora, pronto para outra noite de andanças.

— Não, não podemos fazer nada. Só podemos esperar. Se sairmos daqui, a mensagem pode chegar enquanto estamos fora, e isso causaria atraso. Pode fazer o que quiser, mas preciso ficar de guarda.

— Então irei até Camberwell visitar a sra. Cecil Forrester. Ela me pediu para fazer isso ontem.

— A sra. Cecil Forrester? — perguntou Holmes com um brilho nos olhos e um sorriso.

— Bem, é claro que a srta. Morstan também. Elas estavam ansiosas para ouvir o que aconteceu.

— Eu não lhes diria muito — disse Holmes. — Nunca se deve confiar totalmente nas mulheres, nem mesmo na melhor delas.

Não parei para discutir sobre essa péssima observação.

— Voltarei dentro de uma hora ou duas — comentei.

— Muito bem! Boa sorte! Se vai atravessar o rio, pode muito bem devolver Toby ao dono, pois não creio que seja de todo provável que tenhamos alguma utilidade para ele agora.

Peguei o vira-lata e o deixei, junto com meio soberano, na casa do velho naturalista em Pinchin Lane. Em Camberwell encontrei a srta. Morstan um pouco cansada após as aventuras da noite, mas muito ansiosa para ouvir as notícias. A sra. Forrester também estava cheia de curiosidade. Contei-lhes tudo o que tínhamos feito, suprimindo, porém, as partes mais terríveis da tragédia. Assim, embora eu tenha falado da morte do sr. Sholto, nada disse sobre a forma e o método exatos dela. Com todas as omissões, porém, houve o suficiente para assustá-las e surpreendê-las.

— É um romance! — exclamou a sra. Forrester. — Uma donzela ferida, meio milhão em tesouro, um canibal e um bandido de perna de pau. Eles tomam o lugar do dragão convencional ou do conde malvado.

— E dois cavaleiros ao resgate — acrescentou a srta. Morstan com um olhar para mim.

— Ora, Mary, sua fortuna depende dessa busca. Não parece muito entusiasmada. Imagina como deve ser ter tanto dinheiro e ter o mundo aos seus pés!

Meu coração deu um pulo de alegria quando percebi que ela não mostrou sinais de euforia diante da perspectiva. Pelo contrário, balançou a cabeça, como se não se interessasse muito pelo assunto.

— Estou angustiada pelo sr. Thaddeus Sholto — disse ela. — Nada mais tem importância, mas acho que ele se comportou de forma muito gentil e honrada durante todo o tempo. É nosso dever livrá-lo dessa terrível e infundada acusação.

A noite caiu antes que eu saísse de Camberwell, e já estava bastante escuro quando cheguei em casa. O livro e o cachimbo do meu companheiro estavam junto à poltrona dele, mas ele tinha desaparecido. Procurei pelo quarto na esperança de encontrar um bilhete, mas não havia nenhum.

— Suponho que o sr. Sherlock Holmes tenha saído — falei à sra. Hudson quando ela subiu para baixar as persianas.

— Não, senhor. Ele foi para o quarto dele. Sabe, senhor — abaixando a voz até um sussurro —, eu temo pela saúde dele...

— Por quê, sra. Hudson?

— Bem, é que ele é muito estranho, senhor. Depois que o senhor saiu, ele andou de um lado para o outro, de um lado para o outro, até eu me cansar do som dos passos dele. Depois disso, ouvi-o conversar e resmungar sozinho, e sempre que a campainha tocava ele vinha até a escada e perguntava: "Quem é, sra. Hudson?" E agora ele se trancou no quarto, mas ainda posso ouvi-lo andar de um lado para o outro. Espero que ele não fique doente, senhor. Ousei falar com ele sobre um remédio revigorante, mas ele me encarou, senhor, com um olhar tal que não sei como é que consegui sair da sala.

— Acho que a senhora não tem motivos para ficar desconfortável, sra. Hudson — respondi. — Já o vi assim antes. Fica inquieto quando tem algo na cabeça.

Tentei falar com gentileza com nossa digna senhoria, mas eu mesmo fiquei um pouco inquieto quando ouvi o som monótono do andar de meu colega ao longo da noite, sabendo como seu espírito aguçado se irritava contra essa inação involuntária.

Ele parecia cansado e abatido no café da manhã do dia seguinte, com uma pequena mancha de cor febril nas bochechas.

— Você está se exaurindo, meu velho — comentei. — Ouvi seus passos a noite toda.

— Não consegui dormir — respondeu ele. — Esse problema infernal está me consumindo. Não aguento ser impedido por um obstáculo tão pequeno quando todo o resto tinha sido ultrapassado. Sei quem são os homens, o barco, tudo! Mesmo assim, não recebo notícias. Coloquei outras agências no trabalho e usei todos os meios à minha disposição. O rio inteiro foi revistado de ambos os lados, mas não há notícias, e a sra. Smith também não ouviu falar do marido. Logo chegarei à conclusão de que eles abandonaram o ofício. Mas há objeções a essa teoria.

— Ou que a sra. Smith nos pôs na direção errada.

— Não, acho que isso pode ser dispensado. Mandei investigar, e há um barco assim.

— Será que subiu o rio?

— Também considerei essa possibilidade, e há um grupo de busca a caminho de Richmond. Se nenhuma notícia chegar hoje, eu mesmo sairei amanhã, atrás dos homens em vez do barco. Mas certamente, certamente, ficaremos sabendo algo.

Não ficamos. Não recebemos uma única palavra de Wiggins ou das outras agências. Havia artigos na maioria dos jornais sobre a tragédia de Norwood. Todos eles pareciam hostis ao infeliz Thaddeus Sholto. No entanto, não encontramos novos detalhes, exceto que um inquérito seria realizado no dia seguinte. Fui até Camberwell à noite para relatar às senhoras nosso azar e, ao voltar, encontrei Holmes desanimado. Ele não respondeu bem às minhas perguntas, e se ocupou a noite toda com uma análise química que envolvia destilação de vapores, terminando finalmente em um cheiro que me expulsou do apartamento. Até as primeiras horas da manhã ouvi o tilintar de seus tubos de ensaio, que me diziam que ele ainda estava envolvido naquela experiência malcheirosa.

Ao amanhecer, acordei com um sobressalto e fiquei surpreso ao encontrá-lo parado ao lado da minha cama, vestido com um grosseiro traje de marinheiro, com um jaquetão de lã e um lenço vermelho no pescoço.

— Vou descer o rio, Watson — disse ele. — Andei pensando muito e só vejo uma saída. Vale a pena tentar.

— Posso ir com você? — perguntei.

— Não. Você poderá ser muito mais útil se permanecer aqui como meu representante. Não queria ir, pois está claro que alguma mensagem pode chegar durante o dia, embora Wiggins estivesse desanimado ontem à noite. Quero que você abra todas as cartas e todos os telegramas que chegarem e que aja de acordo com seu próprio julgamento se ficar sabendo de alguma coisa. Posso confiar em você?

— Com toda certeza.

— Receio que não poderá entrar em contato comigo, pois mal sei dizer onde me encontrarei. Se estiver com sorte, no entanto, posso não ficar ausente por muito tempo. Terei notícias de algum tipo quando voltar.

Ele não deu sinal até o desjejum. Ao abrir o *Standard*, porém, descobri que havia uma nova alusão ao caso. "Com referência à tragédia de Upper Norwood", observou o jornal, "temos razões para acreditar que o assunto promete ser ainda mais complexo e misterioso do que pensamos. Novas evidências sugerem que é impossível que o sr. Thaddeus Sholto possa estar envolvido no acontecimento. Ele e a governanta, a sra. Bernstone, foram libertados ontem à noite. Acredita-se, porém, que a polícia tenha uma pista sobre os verdadeiros culpados, e que a situação está sendo resolvida pelo sr. Athelney Jones, da Scotland Yard, com toda sua conhecida energia e sagacidade. Mais prisões podem ser esperadas a qualquer momento."

"Já é alguma coisa", pensei. "O amigo Sholto está seguro, pelo menos. Pergunto-me qual será a nova pista, embora pareça uma forma estereotipada, usada sempre que a polícia comete um erro."

Joguei o jornal sobre a mesa, mas, naquele momento, meus olhos caíram sobre um anúncio na coluna de assuntos pessoais. Li o seguinte:

> *Perdido. Mordecai Smith, barqueiro, e seu filho, Jim, deixaram Smith's Wharf por volta das três horas da manhã de terça-feira passada no barco a vapor Aurora, preto com duas faixas vermelhas, chaminé preta com uma faixa branca. A soma de cinco libras será paga a qualquer um que puder dar informações à sra. Smith, no Smith's Wharf, ou no* número *221b da Baker Street sobre o paradeiro de Mordecai Smith e do barco* Aurora.

Aquilo era claramente obra de Holmes. O endereço de Baker Street era a prova. Era bastante engenhoso, porque os fugitivos poderiam ler sem ver mais do que a ansiedade natural de uma esposa pelo marido desaparecido.

Foi um longo dia. Cada vez que alguém batia à porta ou que um passo brusco passava pela rua, eu imaginava que era Holmes retornando ou uma resposta ao anúncio. Tentei ler, mas meus pensamentos vagueavam para nossa estranha busca e para o mal sortido e vil par que estávamos perseguindo. Poderia haver alguma falha radical no raciocínio do meu companheiro? Será que ele estava enganado? Não era possível que sua mente ágil e especulativa tivesse construído essa teoria selvagem sobre premissas erradas? Nunca o vi se enganar. Ainda assim o pensador mais aguçado pode, ocasionalmente, errar. Era provável, pensei, que ele errasse pelo excesso de refinamento em sua lógica — sua preferência por uma explicação bizarra quando uma mais simples e comum estava bem à mão. Por outro lado, eu mesmo vira as evidências e ouvira as razões para as deduções. Quando pensei na longa cadeia de circunstâncias curiosas, muitas delas triviais, mas todas tendendo na mesma direção, não conseguia disfarçar que, mesmo que a explicação de Holmes fosse incorreta, a verdadeira teoria seria igualmente assustadora.

Às três da tarde, o sino tocou. Ouvi uma voz no corredor e, para minha surpresa, ninguém menos que o sr. Athelney Jones se apresentou. Muito diferente, no entanto, do magistral professor do senso-comum que assumira o caso com tanta confiança em Upper Norwood. Sua expressão estava abatida e sua postura, humilde.

— Bom dia, senhor, bom dia — disse ele. — O sr. Sherlock Holmes saiu?

— Sim, e não tenho certeza de quando ele voltará. Mas talvez o senhor queira esperar. Sente-se aqui e experimente um dos charutos.

— Obrigado, eu aceito — disse ele, esfregando o rosto com um lenço vermelho.

— E um uísque com soda?

— Meio copo. Está muito calor para a época do ano, e eu tenho tido muito com o que me preocupar. Conhece minha teoria sobre o caso de Norwood?

— Lembro-me de que o senhor expressou uma.

— Bem, fui obrigado a reconsiderá-la. Tudo apontava para o sr. Sholto, senhor, mas ele conseguiu escapar. Ele foi capaz de provar um álibi incontestável. Desde que saiu do quarto do irmão, nunca esteve sozinho. Então não pode ter sido ele a subir em telhados e entrar por alçapões. É um caso muito confuso, e meu crédito profissional está em jogo. Ficaria muito contente se conseguisse um pouco de ajuda.

— Todos nós precisamos de ajuda, às vezes.

— Seu amigo, o sr. Sherlock Holmes, é um homem maravilhoso — disse ele com uma voz rouca e confidencial. — Um homem imbatível. Já vi aquele homem se envolver em muitos casos, sempre lançando alguma luz ao problema. Ele tem métodos irregulares, e às vezes é rápido demais nas teorias, mas, no geral, acho que ele teria sido um oficial muito promissor, e não me importa quem saiba disso. Recebi um telegrama dele hoje de manhã dando a entender que ele tem alguma pista sobre o caso Sholto. Aqui está a mensagem.

Ele tirou o telegrama do bolso e me entregou. Fora datado de Poplar às doze horas. "Vá imediatamente para Baker Street", dizia. "Se eu não tiver voltado, esperem por mim. Estou muito perto de pegar a gangue Sholto. Pode vir conosco esta noite se quiser presenciar o final."

— Parece bom. Ele voltou para o rastro certo.

— Ah, então ele também errou — exclamou Jones com evidente satisfação. — Até os melhores erram, às vezes. Claro que isso pode ser um alarme falso, mas é meu dever como oficial da lei não permitir que nenhuma chance me escape. Mas tem alguém à porta. Talvez seja ele.

Ouvimos um passo pesado subindo a escada com uns grandes bufos, como um homem com dificuldade para respirar. Uma ou duas vezes ele parou, como se a escalada fosse demais para ele, mas finalmente chegou até nossa porta e entrou. Sua aparência correspondia aos sons que tínhamos ouvido. Era um homem idoso, vestido com roupas de marinheiro e um velho jaquetão de lã abotoado até o pescoço. Suas costas estavam curvadas, seus joelhos estavam trêmulos e sua respiração era dolorosamente asmática. Enquanto ele se apoiava em uma bengala grossa de carvalho, seus ombros estavam pesados com o esforço de puxar o ar para dentro dos pulmões. Ele tinha um lenço colorido no queixo, e eu conseguia ver pouco do seu rosto, salvo um par de olhos escuros e vivos encimados por sobrancelhas brancas e longas suíças grisalhas. Ao todo, ele me deu a impressão de um respeitável marinheiro que sucumbira aos anos e à pobreza.

— O que foi, meu caro? — perguntei.

Ele olhou em volta à maneira metódica da velhice.

— O sr. Sherlock Holmes está? — perguntou ele.

— Não, mas eu o represento. Pode me passar qualquer mensagem que tenha para ele.

— Devo entregar a mensagem pessoalmente — disse ele.

— Mas estou dizendo que o estou representando. Era sobre o barco de Mordecai Smith?

— Sim. Eu sei onde ele está. E sei onde estão os homens que ele procura. E sei onde está o tesouro. Sei tudo sobre isso.

— Então me diga, eu passarei o recado.

— Devo entregar a mensagem pessoalmente — repetiu ele com a obstinação petulante de um homem muito velho.

— Bem, vai ter que esperar.

— Não, não. Não vou perder um dia inteiro para agradar ninguém. Se o sr. Holmes não está aqui, então o sr. Holmes precisará descobrir tudo por conta própria. Não gosto do jeito dos senhores e não direi uma única palavra.

Ele se virou em direção à porta, mas Athelney Jones entrou na frente.

— Espere um pouco, meu amigo — disse ele. — Você tem informações importantes, não pode ir assim. Ficará aqui conosco, querendo ou não, até o nosso amigo voltar.

O velho tentou correr em direção à porta, mas, quando Athelney Jones pôs as amplas costas contra ela, ele reconheceu a inutilidade da resistência.

— Que beleza! — gritou ele, batendo a bengala no chão. — Venho aqui para ver um cavalheiro, e vocês dois, que nunca vi na vida, me agarram e me tratam dessa maneira!

— O senhor não será prejudicado — disse eu. — Vamos recompensá-lo pela perda do seu tempo. Sente-se aqui no sofá. Não terá que esperar muito.

Ele concordou a contragosto e se sentou com o rosto apoiado nas mãos. Jones e eu retomamos os charutos e a conversa. De repente, porém, a voz de Holmes nos interrompeu:

— Acho que também podem me oferecer um charuto

Nós dois levamos um susto. Holmes estava sentado perto de nós com um ar tranquilo de diversão.

— Holmes! — exclamei. — Você! Mas cadê o velho?

— Aqui está o velho — disse ele, segurando um monte de cabelos brancos. — Aqui está ele... peruca, bigode, sobrancelhas e tudo. Achei que meu disfarce era bom, mas não esperava que resistisse a esse teste.

— Ah, seu velhaco! — gritou Jones, muito feliz. — O senhor teria sido um ótimo ator. Tinha aquela tosse dos velhos que vemos nas ruas, e suas pernas fracas valem dez libras por semana. Mas bem que pensei conhecer o brilho do seu olhar. Não foi tão fácil assim.

— Trabalhei no disfarce o dia todo — disse ele, acendendo o charuto. — Sabe, uma boa parte das classes criminosas começa a me conhecer, principalmente desde que nosso amigo aqui começou a publicar alguns de meus casos, então só posso seguir o caminho do combate sob algum simples disfarce como este. Recebeu meu telegrama?

— Sim, foi o que me trouxe aqui.

— A quantas anda o caso?

— Não deu em nada. Precisei libertar dois dos meus prisioneiros, e não há provas contra os outros dois.

— Não importa. Vamos dar ao senhor outros dois no lugar deles. Mas precisa me ouvir. Pode ficar com o crédito oficial, mas precisa agir como eu disser. Combinado?

— Completamente, se me ajudar a pegar os homens.

— Bem, então, em primeiro lugar, quero um barco policial rápido, um barco a vapor, na Escada de Westminster às sete horas.

— Isso é fácil. Há sempre um por lá, mas posso telefonar para ter certeza.

— Depois disso, quero dois homens de apoio, para caso de resistência.

— Haverá dois ou três no barco. Que mais?

— Quando prendermos os homens, iremos atrás do tesouro. Penso que será um prazer para meu amigo aqui levar a caixa à jovem senhorita a quem metade pertence por direito. Deixe que seja a primeira a abri-lo. O que me diz, Watson?

— Será um grande prazer.

— Esse é um procedimento bastante irregular — disse Jones, balançando a cabeça. — Mas toda a situação é irregular, e suponho que podemos fazer vista grossa. O tesouro deverá ser entregue às autoridades depois disso para a investigação oficial.

— Certamente. Um outro ponto: eu gostaria muito de saber alguns detalhes desse assunto da boca do próprio Jonathan Small. O senhor sabe que eu gosto de minuciar os detalhes dos meus casos. Há alguma objeção contra uma entrevista não oficial com ele, seja aqui nos meus aposentos ou em outro lugar, desde que ele esteja eficientemente sob vigilância?

— Bem, o senhor está no comando da situação. Ainda não tive provas da existência desse Jonathan Small, mas, se o conseguir apanhá-lo, não vejo como poderia recusar uma entrevista com ele ao senhor.

— Entendido, então?

— Perfeitamente. Há mais alguma coisa?

— Só que eu insisto que jante conosco. O jantar estará pronto em meia hora. Tenho ostras e um par de tetrazes, com algumas opções de vinho branco. Watson, você nunca reconheceu meus méritos culinários.

CAPÍTULO X

O FIM DO ILHÉU

Tivemos uma refeição agradável. Holmes podia falar muito quando queria, e naquela noite ele quis. Parecia estar em um estado de exaltação nervosa. Nunca o vi tão radiante. Ele falou sobre vários assuntos — sobre milagre, cerâmica medieval, violinos Stradivarius, o budismo do Ceilão e os navios de guerra do futuro —, tratando cada um como se tivesse feito um estudo especial sobre ele. Seu humor marcava a reação à sua depressão dos dias anteriores. Athelney Jones provou ser uma alma sociável quando estava relaxado, e passou o jantar com o ar de um *bon vivant*. De minha parte, fiquei exultante de pensar que estávamos chegando ao fim da nossa tarefa, e absorvi um pouco da animação de Holmes. Durante o jantar, nenhum de nós aludiu à causa que nos tinha unido.

Depois de comermos, Holmes olhou para o relógio e serviu três taças de vinho do porto.

— Um brinde — disse ele — ao sucesso da nossa pequena expedição. E agora está na hora de irmos. Tem uma pistola, Watson?

— Tenho meu velho revólver de serviço na escrivaninha.

— É melhor pegá-lo, então. É bom estar preparado. A carruagem já está à porta. Chamei-a para as seis e meia.

Passava um pouco das sete quando chegamos ao cais de Westminster e encontramos nosso barco à espera. Holmes lançou um olhar crítico sobre ele.

— Há alguma coisa que o marque como um barco da polícia?

— Sim, aquela lâmpada verde na lateral.

— Tire-a.

A pequena mudança foi feita, nós subimos a bordo, e as amarras foram soltas. Jones, Holmes e eu nos sentamos na popa. Havia um homem no leme, um para cuidar dos motores e dois inspetores corpulentos mais à frente.

— Para onde? — perguntou Jones.

— Para a Torre. Peça para pararem em frente ao Estaleiro de Jacobson.

Nossa embarcação era evidentemente muito rápida. Passamos pelas fileiras de barcaças carregadas como se estivessem paradas. Holmes sorriu com satisfação enquanto alcançamos um vapor fluvial e o deixamos para trás.

— Devemos ser capazes de alcançar qualquer coisa no rio — disse ele.

— Não é para tanto, mas não há muitos barcos capazes de nos vencer.

— Temos que pegar o *Aurora*, e ele tem fama de ser muito rápido. Vou lhe contar como estão as coisas, Watson. Lembra como fiquei aborrecido por ter sido impedido por uma coisa tão pequena?

— Sim.

— Bem, dei um descanso completo à minha mente mergulhando em uma análise química. Um dos nossos maiores estadistas disse que uma mudança de trabalho é o melhor descanso. É verdade. Quando consegui dissolver o hidrocarboneto em que estava trabalhando, voltei ao nosso problema dos Sholto e repensei em toda a questão. Meus rapazes tinham subido e descido o rio, mas sem resultado. O barco não estava em nenhuma plataforma ou cais, nem fora devolvido. No entanto, não o teriam afundado para esconder os restos, embora isso permanecesse como uma hipótese possível, se tudo mais falhasse. Sabia que Small tinha certo grau de astúcia, mas não o achava capaz de nada elegante ou sutil. Essa costuma ser uma característica de pessoas com instrução superior. Refleti, então, que, como ele tinha estado em Londres por algum tempo, já que tínhamos provas de que ele mantivera uma vigilância contínua sobre Pondicherry Lodge, ele dificilmente poderia sair de uma hora para a outra, mas precisaria de algum tempo, nem que fosse um dia, para resolver seus assuntos. Era o saldo das probabilidades, de todo modo.

— Parece-me um pouco fraco — disse eu. — É mais provável que ele tivesse resolvido os tais assuntos antes de partir na expedição.

— Não posso concordar. O esconderijo seria valioso demais para que fosse deixado de lado antes de terem certeza de que poderiam ficar sem ele. Mas uma segunda consideração me ocorreu. Jonathan Small deve ter percebido que a aparência peculiar de seu companheiro, por mais disfarçado, daria origem a especulação e possivelmente estaria associado a tragédia de Norwood. Ele é esperto o bastante para ver isso. Tinham saído da sede sob a proteção da noite, e ele gostaria de estar de volta antes da luz do dia. Agora, já eram três horas, segundo a sra. Smith, quando pegaram o barco. Em cerca de uma hora o sol nasceria e as pessoas estariam em circulação. Portanto, pelo meu argumento, eles não poderiam ter ido muito longe. Pagaram bem a Smith para segurar a língua dele, reservaram o barco para a fuga final e correram com o baú do tesouro. Em algumas noites, depois de verem o que os jornais achavam e se havia alguma suspeita, eles atravessariam a noite em busca de algum navio em Gravesend ou nos Downs, onde sem dúvida já tinham arranjado passagens para a América ou para as Colônias.

— Mas e o barco? Não podem ter levado o barco para o esconderijo.

— Pois é. Argumentei que o barco não podia estar muito longe, apesar da invisibilidade. Então me coloquei no lugar de Small e olhei para a situação como um homem de sua capacidade o faria. Ele provavelmente pensaria que enviar o barco de volta ou mantê-lo em um cais facilitaria a perseguição se a polícia entrasse no caminho. Como, então, ele poderia esconder o barco e ainda tê-lo à mão quando quisesse? Fiquei me perguntando o que faria se estivesse no lugar dele. Só consegui pensar em uma escapatória. Eu poderia levar o barco a algum construtor ou consertador de barcos com instruções para fazer uma mudança superficial. Ele seria então removido para um galpão ou o que o valha, e assim estaria escondido de todos enquanto, ao mesmo tempo, eu poderia tê-lo dentro de poucas horas quando precisasse dele.

— Isso parece bem simples.

— Coisas simples são as mais fáceis de ignorar. No entanto, decidi agir de acordo com essa ideia. Saí imediatamente vestido como um marinheiro e perguntei em todos os estaleiros rio abaixo. Não encontrei nada nos primeiros quinze, mas no décimo sexto, de Jacobson, soube que o *Aurora* lhes havia sido entregue dois dias atrás por um homem de perna de pau, com algumas indicações triviais sobre o leme. "Não havia nada de errado com o leme", disse o capataz. "Lá está ele, com as riscas vermelhas." Nesse momento, quem poderia aparecer senão Mordecai Smith, o proprietário desaparecido? Estava completamente bêbado. Não o teria conhecido, é claro, mas ele gritou o próprio nome e o nome do barco. "Quero que ele esteja pronto às oito da noite", disse ele. "Oito em ponto, entendeu? Pois tenho dois cavalheiros que não vão querer esperar." Eles tinham lhe pagado bem, pois ele tinha muito dinheiro, e estava jogando xelins para os funcionários. Segui-o a certa distância, mas ele entrou em um bar. Então voltei ao estaleiro e, tendo encontrado por acaso um dos meus meninos no caminho, deixei-o como sentinela sobre o barco. Ele ficará à beira da água e acenará com seu lenço quando ou se partirem. Estaremos a postos, e será estranho se não capturarmos ninguém, tesouro e tudo.

— Você planejou tudo muito bem, sejam eles os homens certos ou não — disse Jones —, mas, se o caso estivesse em minhas mãos, eu teria levado a polícia ao Estaleiro de Jacobson e prendido todos quando resolvessem aparecer.

— O que nunca teria acontecido. Esse Small é muito astuto. Ele mandaria um observador e, se alguma coisa o fizesse desconfiar da situação, ficaria escondido por mais uma semana.

— Mas você poderia ter capturado Mordecai Smith e ficado sabendo qual era o esconderijo — sugeri.

— Nesse caso, teria perdido meu dia. São ínfimas as chances de Smith saber onde estão. Enquanto ele tiver bebida e dinheiro, por que faria perguntas? Mandam-lhe mensagens sobre o que fazer. Não, pensei em todos os caminhos possíveis, e esse é o melhor.

Enquanto a conversa prosseguia, passamos pela longa série de pontes que cruzavam o Tâmisa. Ao passarmos pela City, os últimos raios de sol iluminaram a cruz no topo de St. Paul's. Anoiteceu antes de chegarmos à Torre.

— Este é o Estaleiro de Jacobson — disse Holmes, apontando para um punhado de mastros e cordame do lado de Surrey. — Vamos navegar devagar para cima e para baixo, escondidos por essa fileira de batelões. — Ele tirou um par de óculos noturnos do bolso e olhou por um tempo para a margem do rio. — Minha sentinela está a postos — comentou —, mas não há sinal de um lenço.

— Vamos descer um pouco o rio e ficar à espera deles — disse Jones, empolgado.

Estávamos todos ansiosos a essa altura, até mesmo os polícias e os foguistas, que faziam uma ideia muito vaga do que estava acontecendo.

— Não podemos ter certeza disso — respondeu Holmes. — É *provável* que vão descer o rio. Desse ponto, conseguimos ver a entrada do estaleiro, e eles mal conseguem nos ver. Será uma noite bem-iluminada. Precisamos ficar aqui. Veja como as pessoas se aglomeram à luz do gás.

— Elas trabalham no estaleiro.

— Gentinha inferior, mas suponho que cada pessoa tenha a própria centelha imortal. Olhando para elas, não pensamos nisso. Não há nenhuma probabilidade *a priori* sobre isso. O ser humano é um estranho enigma!

— Alguém o chama uma alma escondida num animal — sugeri.

— Winwood Reade fala bem sobre esse assunto — disse Holmes. — Ele observa que, enquanto o ser humano individual é um enigma insolúvel, o coletivo é uma certeza matemática. Não é possível, por exemplo, prever o que um homem vai fazer, mas você consegue dizer com precisão as ações de um grupo. Indivíduos variam, mas os percentuais são constantes. É o que diz o estatista. Mas será que estou vendo um lenço? Certamente há um esvoaçar branco adiante.

— Sim, é o moleque — exclamei. — Estou vendo.

— E lá vai o *Aurora* — exclamou Holmes —, correndo feito o diabo! A todo vapor! Siga aquele barco com a luz amarela. Por Deus, nunca me perdoarei se o perdermos de vista!

Ele passara sem ser visto pela entrada e por trás de duas ou três pequenas embarcações, de modo que já estava bastante acelerado antes que o víssemos. Agora, voava rio abaixo, perto da margem, em um ritmo tremendo. Jones olhou gravemente para ele e balançou a cabeça.

— Ele é muito rápido — disse ele. — Duvido que o pegaremos.

— *Temos* que alcançá-lo! — exclamou Holmes entre os dentes. — Vamos, foguistas! Ponham este barco em capacidade máxima! Mesmo que tenhamos de queimar o barco, vamos lá!

O barco de Smith tinha uma boa dianteira. Os fornos rugiam e os poderosos motores zuniam como um grande coração metálico. A proa pontuda cortava a água do rio e lançava duas ondas à direita e à esquerda de nós. Cada vibração dos motores fazia com que o barco saltasse e tremesse como um ser vivo. Uma grande lanterna amarela na proa lançava um longo e cintilante facho de luz à nossa frente. Pouco adiante, um borrão escuro sobre a água mostrava onde estava o *Aurora*, e o redemoinho de espuma branca atrás dele revelava a velocidade a que ele seguia. Passamos por barcaças, vapores, navios mercantes, por todos os lados, atrás de um e contornando o outro. Vozes nos saudavam da escuridão, mas o *Aurora* ainda trovejava, e continuávamos atrás dele.

— Vamos, homens, vamos! — gritou Holmes, olhando para a sala dos motores enquanto o brilho intenso que subia iluminava suas feições ávidas e aquilinas. — Precisamos de cada libra de pressão.

— Acho que nos aproximamos um pouco — disse Jones com os olhos no *Aurora*.

— Tenho certeza disso — falei. — Estaremos com ele dentro de minutos.

Naquele momento, porém, pela vontade de nosso maléfico destino, um rebocador com três barcas se enfiou entre nós. Só conseguimos evitar uma colisão girando todo o leme para um lado e, antes que pudéssemos contorná-los e retomar nosso caminho, o *Aurora* tinha ganhado uns bons duzentos metros. Ele ainda estava, contudo, bem à vista, e o crepúsculo sombrio estava se transformando em uma noite clara e estrelada. Nossas caldeiras estavam no limite, e o casco frágil vibrava e rangia com a energia feroz que nos conduzia. Passáramos pelo Pool, pelas West India Docks, descendo pelo Deptford Reach e subindo novamente depois de contornar a Isle of Dogs. O borrão à nossa frente agora estava nítido como o encantador *Aurora*.

Jones virou nossa luz para ele, de modo que conseguimos ver os homens no convés. Um homem estava sentado na popa com algo preto entre os joelhos, sobre o qual se inclinava. Ao lado dele havia uma massa escura que parecia um terra-nova. O menino segurava o leme, enquanto, contra o brilho vermelho da fornalha, eu podia ver o velho Smith, nu da cintura para cima, atirando carvão como se sua vida dependesse disso. Talvez tenham ficado em dúvida, no começo, sobre estarmos em seu encalço, mas agora, à medida que seguíamos cada curva que faziam, não dava para não ter certeza.

Em Greenwich, estávamos a cerca de 220 metros deles. Em Blackwall, não podíamos estar a mais de 190. Cheguei a caçar animais em muitos países durante minha carreira, mas nunca o esporte me deu uma emoção tão intensa quanto essa caçada louca pelo Tâmisa. Aproximávamo-nos mais a cada instante, metro a metro. No silêncio da noite podíamos ouvir as máquinas ofegando. O homem na popa continuava agachado sobre o convés, e seus braços se moviam como se estivesse ocupado, levantando a cabeça de vez em quando e medindo com um olhar a distância que nos separava. Estávamos cada vez mais perto. Jones gritou-lhes que parassem. Não estávamos a mais de quatro barcos de distância deles, ambos a uma velocidade insana. Era um trecho vazio do rio, com Barking Level de um lado e os melancólicos Plumstead Marshes do outro. Aos nossos gritos, o homem na popa saltou do convés e sacudiu os dois punhos cerrados, amaldiçoando-nos com uma voz aguda. Era um homem de bom tamanho, forte e, quando ficou de pé com as pernas abertas, pude ver que, da coxa para baixo, tinha apenas um toco de madeira no lado direito. Ao som de seus estridentes gritos de raiva, houve um movimento na forma estranha sobre o convés. Ela se transformou em um homenzinho negro — o menor que já vi — com uma cabeça grande e malformada, além de um monte de cabelos emaranhados. Holmes já puxara o revólver, e saquei o meu ao ver a criatura selvagem e distorcida. Estava envolta em uma espécie de casaco ou cobertor, deixando apenas seu rosto exposto, mas esse rosto era suficiente para dar pesadelos a qualquer um. Nunca vira características tão profundamente marcadas pela crueldade. Os olhinhos brilhavam com uma luz sinistra e os lábios estavam arreganhados de modo a mostrar os dentes, que rangiam para nós com uma fúria quase animal.

— Dispare se ele levantar a mão — disse Holmes em voz baixa.

A essa altura, já estávamos a um barco de distância, quase ao alcance de nossa presa. Ainda me lembro de como estavam: o homem branco com as pernas abertas, gritando maldições, e o anão infernal com o rosto horrível e seus fortes dentes amarelos rangendo à luz da lanterna.

Foi bom que tivéssemos uma visão tão nítida. Ele puxou de debaixo da manta um pedaço de madeira curto e arredondado, como uma régua escolar, e levou-o aos lábios. Nossas pistolas dispararam juntas. Ele rodopiou, levantou os braços e, com uma espécie de tosse engasgada, caiu de lado na correnteza. Tive um vislumbre de seus olhos ameaçadores no torvelinho branco da água. No mesmo instante, o homem da perna de pau se atirou sobre o leme e o girou com força, guinando o barco para a margem sul enquanto passávamos a menos de um metro de sua popa. Demos a volta e retomamos a caçada em um instante, mas ele já estava quase na margem. Era um lugar desolado, onde a lua mostrava uma grande extensão de terra pantanosa, com poços de água parada e trechos de vegetação podre. O barco, com um baque surdo, se atirou contra a margem enlameada, ficando com a proa no ar e a popa nivelada com a água. O fugitivo saltou, mas a perna de pau se afundou por completo no solo encharcado. Em vão, ele lutou e se debateu. Não conseguiu fazer muita coisa. Gritou com raiva impotente e chutou freneticamente a lama com o outro pé, mas o toco de madeira só ficava cada vez mais preso. Quando levamos nosso barco até lá, ele estava tão firmemente ancorado que só conseguimos puxá-lo para fora depois de amarrar uma corda aos ombros dele e arrastá-lo, como se fosse um peixe pesado, para o nosso lado. Os dois Smith, pai e filho, ficaram no barco deles, mas vieram para o nosso mansamente quando foram chamados. O próprio *Aurora* foi arrastado e amarrado à nossa popa. Sobre o convés, havia uma sólida arca de ferro de fabricação indiana. Era, sem dúvidas, a mesma que continha o tesouro dos Sholto. Não havia chave, mas o peso era considerável, então a transferimos cuidadosamente para nossa pequena cabine. À medida que subíamos lentamente o rio, lançamos o facho de luz para todas as direções, mas não vimos sinais do ilhéu. Em algum lugar na escuridão, no fundo do Tâmisa, jazem os ossos daquele estranho visitante às nossas terras.

— Vejam aqui — disse Holmes, apontando para a escotilha de madeira. — Não fomos rápidos o suficiente com as pistolas.

De fato, pouco atrás de onde estivéramos, encontramos um daqueles dardos assassinos que conhecíamos tão bem. Devia ter assobiado por entre nós quando disparamos. Holmes sorriu e deu de ombros à sua maneira, mas confesso que fiquei enjoado ao pensar na morte horrível que passara tão perto de nós.

CAPÍTULO XI

O GRANDE TESOURO DE AGRA

Nosso prisioneiro se sentou na cabine oposta à caixa de ferro pela qual ele tanto tinha feito e tanto tempo tinha esperado para conseguir. Era um homem queimado de sol, de olhos rápidos, com uma rede de linhas e rugas cobrindo os traços morenos e demonstrando a vida dura que levara. Havia uma proeminência singular em seu queixo barbado, assinalando um homem que não era facilmente desviado de seu propósito. A idade podia ser de cinquenta ou mais, pois o cabelo preto e ondulado estava bem grisalho. O rosto não era desagradável, embora as sobrancelhas pesadas e o queixo agressivo lhe dessem, como eu vira há pouco, uma expressão terrível quando movido à raiva. Sentava-se com as mãos algemadas no colo, a cabeça afundada no peito, enquanto olhava para a caixa que tinha sido a causa de suas más ações. Parecia-me que havia mais tristeza do que raiva naquele rosto rígido e contido. Uma vez, ele olhou para mim com um brilho de humor.

— Bem, Jonathan Small — disse Holmes, acendendo um charuto. — Que pena que chegamos a isso.

— É mesmo uma pena, senhor — respondeu ele, francamente. — Não acredito que possa ser enforcado. Dou minha palavra de que nunca levantei a mão contra o sr. Sholto. Foi aquele diabo do Tonga que disparou um dos malditos dardos contra ele. Não tive nada a ver com isso, senhor. Fiquei triste como se fosse um parente meu. Bati no diabrete com a corda, mas o mal já estava feito e não podia desfazê-lo.

— Pegue um charuto — disse Holmes —, seria bom tomar um trago do meu frasco, pois você está muito molhado. Como você esperava que um homem tão pequeno e fraco como esse negro pudesse dominar o sr. Sholto e segurá-lo enquanto você subia pela corda?

— O senhor parece saber do que aconteceu como se estivesse lá. A verdade é que eu esperava encontrar a sala vazia. Eu conhecia muito bem os hábitos da casa, e estava na hora do sr. Sholto descer para jantar. Não vou fazer segredo. A melhor defesa que posso apresentar é a simples verdade. Agora, se tivesse sido o velho major, eu teria arriscado a punição com o coração leve. Não teria pensado duas vezes antes de esfaqueá-lo. Mas é horrível ser preso pelo jovem Sholto, com quem não tinha nenhuma desavença.

— Você está sob a responsabilidade do sr. Athelney Jones, da Scotland Yard. Ele o levará até meus aposentos, e pedirei um relato verdadeiro do assunto. Confesse tudo, pois, se confessar, espero poder ser útil. Acho que posso provar que o veneno age tão depressa que o homem estava morto antes de você chegar à sala.

— E estava mesmo, senhor. Nunca fiquei tão assustado como quando o vi sorrindo para mim com a cabeça apoiada no ombro. A cena me abalou bastante. Eu teria matado o Tonga se ele não tivesse conseguido fugir. Foi por isso que ele deixou o taco e alguns dos dardos para trás, o que, ouso dizer, ajudou o senhor a nos encontrar, embora eu não saiba como conseguiu não perder a pista. Não sinto nenhuma maldade contra o senhor por isso — acrescentou ele com um sorriso amargo —, mas me parece estranho que eu, que tenho direito a quase meio milhão de libras, passe a primeira metade da vida construindo um quebra-mar nas ilhas Andamão, e provavelmente vá passar a outra metade cavando esgotos em Dartmoor. Foi um dia ruim quando pus os olhos sobre o mercador

Achmet e descobri sobre o tesouro de Agra, que nunca trouxe nada além de maldição ao homem que o possuiu. Para ele, trouxe assassinato. Para o major Sholto, trouxe medo e culpa. Para mim, significou escravidão para toda a vida.

Nesse momento, Athelney Jones enfiou o rosto largo e os ombros pesados dentro da minúscula cabine.

— Uma festa de família e tanto — comentou. — Acho que vou querer um pouco da bebida, Holmes. Bem, acho que todos podemos felicitar uns aos outros. Pena não termos levado o outro vivo, mas não houve escolha. Holmes, temos que admitir que foi por pouco. Quase não alcançamos.

— Tudo fica bem quando acaba bem — disse Holmes. — Mas eu não sabia que o *Aurora* era tão rápido.

— Smith diz que é um dos barcos mais velozes no rio. Se ele tivesse outro homem para ajudá-lo com os motores, nunca o teríamos apanhado. Ele jura que não sabia nada sobre o caso de Norwood.

— Não sabia mesmo! — gritou o prisioneiro. — Nem uma palavra. Escolhi aquele barco porque ouvi dizer que era muito rápido. Não dissemos nada, mas pagamos bem, e ele receberia uma bela recompensa se chegássemos ao nosso navio, o *Esmeralda*, em Gravesend, com destino aos Brazis.

— Bem, se ele não fez nada de errado, vamos garantir que nenhum mal lhe aconteça. Somos rápidos para apanhar nossos homens, mas não tão rápidos para condená-los.

Era engraçado notar como Jones já estava começando a se dar ares pela captura. Pelo ligeiro sorriso no rosto de Sherlock Holmes, pude ver que o comentário não lhe escapara.

— Estaremos em Vauxhall Bridge em breve — disse Jones —, e o senhor, dr. Watson, descerá com a caixa do tesouro. Não preciso nem dizer que estou assumindo uma responsabilidade muito grande ao fazer isto. É completamente irregular, mas, é claro, um acordo é um acordo. Devo, no entanto, por obrigação, enviar um inspetor com o senhor, já que terá consigo uma carga tão valiosa. Irá de carro, sem dúvida?

— Sim, irei de carro.

— É uma pena que não tenhamos uma chave para fazer um inventário primeiro. Terá de abri-la. Onde está a chave, Small?

— No fundo do rio — disse Small.

— Hum! Não precisava criar esse problema desnecessário. Já tivemos trabalho suficiente correndo atrás de você. No entanto, doutor, não preciso pedir para tomar cuidado. Traga a caixa de volta para os aposentos da Baker Street. Vai nos encontrar lá, a caminho da estação.

Deixaram-me em Vauxhall com a pesada caixa de ferro e um inspetor como companheiro. Um quarto de hora de viagem nos levou à casa da sra. Cecil Forrester. A criada pareceu surpresa com uma visita tão tardia. A sra. Forrester estava fora, ela explicou, e provavelmente chegaria muito tarde. A srta. Morstan, no entanto, estava na sala de visitas, então para lá me dirigi, com a caixa na mão, deixando o educado inspetor na carruagem.

Ela estava sentada à janela aberta, vestida em um tecido diáfano e branco, com um pequeno toque de vermelho no pescoço e na cintura. A luz suave de um abajur caía sobre ela enquanto se reclinava na cadeira de vime, brincando sobre seu rosto doce e grave e colorindo com um brilho metálico as ondas de seu cabelo. Um braço branco pendia ao lado da cadeira, e toda sua postura mostrava uma melancolia completa. Ao som dos meus passos, no entanto, ela se levantou de um salto, e um rubor de surpresa e de prazer coloriu as bochechas pálidas.

— Ouvi a carruagem — disse ela. — Pensei que a sra. Forrester tivesse voltado muito cedo, mas nunca sonhei que pudesse ser o senhor. Que novidades me traz?

— Trouxe uma coisa muito melhor do que notícias — respondi, colocando a caixa sobre a mesa e falando jovialmente, embora meu coração estivesse pesado. — Trouxe uma coisa que vale por todas as notícias do mundo. Trouxe uma fortuna.

Ela olhou de relance para a caixa de ferro.

— É esse o tesouro, então? — perguntou ela friamente.

— Sim, este é o grande tesouro de Agra. Metade é sua, e metade é de Thaddeus Sholto. Cada um receberá cerca de duas centenas de milhares. Imagine só isso! Uma anuidade de dez mil libras. Haverá poucas jovens mais ricas em toda a Inglaterra. Não é glorioso?

Acho que exagerei um pouco no encanto, e que ela detectou um tom falso nas minhas felicitações, pois vi suas sobrancelhas se levantarem um pouco, e ela me olhou com curiosidade.

— Se consegui esse tesouro — disse ela —, devo-o ao senhor.

— Não, não — respondi. — Não a mim, mas a meu amigo, Sherlock Holmes. Com toda a vontade do mundo, eu nunca poderia ter seguido uma pista que desafiou até mesmo o gênio analítico dele. Quase a perdemos!

— Por favor, sente-se e me conte tudo, dr. Watson — disse ela.

Narrei brevemente os acontecimentos que se haviam sucedido desde a última vez que a vira: o novo método de busca de Holmes, a descoberta do *Aurora*, o aparecimento de Athelney Jones, nossa expedição noturna e a perseguição selvagem pelo Tâmisa. Ela ouviu o recital de aventuras com os lábios entreabertos e os olhos brilhantes. Quando falei do dardo que, por pouco, não nos tinha acertado, ela ficou tão branca que temi que estivesse prestes a desmaiar.

— Não é nada — disse ela quando me apressei a servir-lhe um pouco de água. — Já estou bem. Foi um choque para mim saber que pus meus amigos em um perigo tão horrível.

— Já acabou. Não foi nada. Não vou contar mais detalhes sombrios. Vamos nos voltar para algo mais animado. Ali está o tesouro. O que poderia ser mais animado do que isso? Consegui licença para trazê-lo comigo, pensando que se interessaria em ser a primeira a vê-lo.

— Seria do maior interesse para mim — disse ela. No entanto, não havia ânsia em sua voz. Ela se sentia indiferente em relação um prêmio que custara tanto a ganhar. — Que caixa bonita! Trabalho indiano, suponho.

— Sim. É o trabalho em metal de Benares.

— E é tão pesada! — exclamou ela, tentando levantá-la. — Só a caixa já deve ser de algum valor. Onde está a chave?

— Small atirou-a no Tâmisa — respondi. — Preciso pedir emprestado o atiçador da sra. Forrester.

Havia na frente uma argola larga de cadeado, forjada à imagem de um Buda sentado. Enfiei sob ela a ponta do atiçador e o empurrei como uma alavanca. A argola se partiu com um estalido forte. Com dedos trémulos, abri a tampa. Ambos ficamos estupefatos. A caixa estava vazia!

Não me admira que estivesse pesada. O ferro tinha quase dois centímetros de espessura. Era maciça, bem-feita e sólida, como uma arca construída para carregar coisas de grande valor, mas nem um pedaço ou migalha de metal ou joias estava dentro dela. Estava absolutamente e completamente vazia.

— O tesouro está perdido — disse a srta. Morstan calmamente.

Ao escutar as palavras e perceber o que significavam, uma grande sombra pareceu se libertar de minha alma. Até aquele momento, eu não sabia como esse tesouro de Agra me pesava. Era egoísta, sem dúvida, desleal, errado, mas não conseguia pensar em nada além da barreira dourada entre nós, que desaparecera.

— Graças a Deus! — exclamei do fundo do coração.

Ela olhou para mim com um sorriso rápido e questionador.

— Por que diz isso? — perguntou.

— Porque agora a senhorita está novamente ao meu alcance — disse, segurando a mão dela. Ela não a puxou. — Porque amo você, Mary, como um homem ama uma mulher. Porque esse tesouro, essas riquezas, selaram meus lábios. Agora que tudo isso se foi, posso dizer como amo você. Foi por isso que eu disse "Graças a Deus".

— Então eu também digo "Graças a Deus" — sussurrou ela quando a puxei para o meu lado.

Alguém tinha perdido um tesouro, mas descobri naquela noite que tinha ganhado um.

CAPÍTULO XII

A ESTRANHA HISTÓRIA DE JONATHAN SMALL

O inspetor na carruagem era um homem muito paciente. Demorou um bocado até que eu me juntasse a ele novamente. A cara dele foi de espanto quando lhe mostrei a caixa vazia.

— Lá se vai a recompensa! — disse ele, melancólico. — Onde não há dinheiro, não há pagamento. O trabalho da noite teria valido uma nota de dez para mim e para Sam Brown se o tesouro estivesse aí.

— O sr. Thaddeus Sholto é um homem rico — disse eu. — Ele há de garantir sua recompensa, tesouro ou não.

O inspetor balançou a cabeça, desanimado.

— Isso é ruim — repetiu —, e o sr. Athelney Jones vai concordar.

Sua previsão se provou correta, pois o detetive pareceu-me bastante desapontado quando cheguei a Baker Street e mostrei-lhe a caixa vazia. Eles tinham acabado de chegar, Holmes, o prisioneiro e ele, porque tinham mudado de planos e parado em uma estação no caminho. Meu companheiro estava sentado na poltrona com sua habitual expressão indiferente, enquanto Small estava em frente a ele com a perna de pau apoiada sobre a boa. Enquanto eu mostrava a caixa vazia, ele se reclinou e soltou uma gargalhada.

— Isso é obra sua, Small — disse Athelney Jones com raiva.

— Sim, guardei o tesouro onde nunca encontrarão — gritou ele. — É o meu tesouro. Se não pode ser meu, não será de ninguém. Nenhum homem vivo tem direito a ele, a não ser os três homens que estão em Andamão e eu. Sei agora que não posso tê-lo, e sei que eles também não podem. Agi tanto por eles como por mim mesmo. O signo dos quatro entre nós. Sei que eles teriam feito exatamente o que fiz e jogado o tesouro no Tâmisa em vez de deixá-lo cair nas mãos de amigos ou parentes de Sholto ou Morstan. Não foi para enriquecê-los que matamos Achmet. Vocês encontrarão o tesouro quando encontrarem a chave e o corpo do pequeno Tonga. Quando vi que seu barco nos alcançaria, joguei tudo em um lugar seguro. Não há rupias para vocês nessa viagem.

— Está mentindo, Small — disse Athelney Jones com firmeza. — Se tivesse jogado o tesouro no Tâmisa, teria sido mais fácil jogá-lo com caixa e tudo.

— Mais fácil jogar e mais fácil recuperar — respondeu ele com um olhar perspicaz. — O homem que foi esperto o suficiente para me caçar é esperto o suficiente para tirar uma caixa de ferro do fundo de um rio. Agora que eles estão espalhados por uns oito quilômetros, pode ser um trabalho mais difícil. Foi uma decisão difícil. Fiquei meio louco quando vi vocês. No entanto, não adianta chorar. Tive altos e baixos nesta vida, mas aprendi a não chorar pelo leite derramado.

— Esse é um assunto muito sério, Small — disse o detetive. — Se tivesse ajudado a justiça, em vez de impedi-la dessa forma, você teria mais chances no julgamento.

— Justiça! — rosnou o ex-condenado. — Uma bela justiça! De quem é o tesouro, senão nosso? Onde está a justiça que deveria dar àqueles que nunca a mereceram? Olha como eu o mereci! Vinte longos anos naquele pântano febril, trabalhando diariamente debaixo dos mangues, acorrentado toda noite às cabanas imundas dos condenados, picado por mosquitos, atormentado por febre, intimidado por todos os guardas negros que adoravam maltratar um homem branco. Foi assim que eu consegui o tesouro de Agra, e vocês me falam de justiça porque não posso suportar a ideia de ter pagado esse preço para que outro desfrute do dinheiro! Prefiro ser enforcado muitas vezes ou ter um dos dardos de Tonga no meu couro antes de ver por entre grades que outro homem está em um palácio com o dinheiro que deveria ser meu.

Small deixara cair a máscara de estoicismo, e tudo isso saiu em um redemoinho selvagem de palavras enquanto seus olhos brilhavam e suas algemas cantavam com o movimento apaixonado das mãos. Vendo a fúria e a paixão do homem, entendi que não era um terror infundado ou antinatural que possuíra o major Sholto quando ele descobriu que o condenado ferido estava no seu caminho.

— Você se esquece de que não sabemos de nada disso — disse Holmes calmamente. — Não ouvimos sua história. Não sabemos até onde a justiça pode ter estado do seu lado no começo.

— O senhor tem sido muito justo comigo, embora eu possa ver que seja o responsável pelas algemas nos meus pulsos. Mesmo assim, não guardo rancor. É justo. Se quer ouvir a minha história, não tenho nenhum desejo de guardá-la para mim. O que eu contar para vocês será a verdade de Deus, cada palavra dela. Obrigado. Pode deixar o copo ao meu lado, e eu colocarei os lábios nele se ficar com sede.

“Eu sou um homem de Worcestershire, nascido perto de Pershore. Ouso dizer que encontrariam vários Small por lá, se procurassem. Pensei muitas vezes em dar uma olhada por ali, mas a verdade é que nunca fui muito querido pela família, e duvido que ficassem contentes em me ver. Eram pessoas equilibradas, que iam na igreja, pequenos agricultores, conhecidos e respeitados por todo o campo, enquanto eu sempre fui meio vagabundo. Finalmente, porém, quando eu tinha uns dezoito anos, parei de dar problemas a eles, pois me meti em uma confusão por causa de uma garota, e só consegui sair dela pegando o xelim da Rainha e ingressando no Third Buffs, que estava de partida para a Índia.

“Mas eu não estava destinado a uma longa carreira militar. Acabara de aprender a marchar e tinha aprendido a usar meu mosquete quando fui tolo o bastante para nadar no Ganges. Felizmente, meu sargento, John Holder, entrou na água ao mesmo tempo que eu, e ele era um dos melhores nadadores do serviço. Um crocodilo me pegou quando eu estava no meio caminho e cortou minha perna direita com a precisão de um cirurgião, bem acima do joelho. Com o choque e a perda de sangue, eu desmaiei, e teria me afogado se Holder não tivesse me levado para a margem. Passei cinco meses no hospital por causa disso e, quando consegui sair com esse pedaço de madeira amarrado à perna, vi-me inválido do Exército e inapto para qualquer ocupação ativa.

"Fiquei, como podem imaginar, bem deprimido nessa época, pois era um aleijado inútil antes mesmo de chegar ao meu vigésimo ano de vida. No entanto, minha desgraça logo provou ser uma bênção disfarçada. Um homem chamado Abel White, que era um plantador de anileiras, queria um supervisor para seus culis, alguém que os mantivesse no trabalho. Ele era um amigo do nosso coronel, que se interessara por mim desde o acidente. Em resumo, o coronel me recomendou para o posto e, como o trabalho era feito a cavalo, minha perna não foi um grande obstáculo, pois eu ainda tinha joelho suficiente para manter um bom aperto na sela. Eu só precisava cavalgar pela plantação, ficar de olho nos homens enquanto trabalhavam e denunciar os vagabundos. O salário era justo, eu tinha aposentos confortáveis e, no total, estava contente com a ideia de passar o resto da vida no plantio. O sr. Abel White era um homem bondoso e, muitas vezes, aparecia na minha pequena barraca e fumava um cachimbo comigo, pois, quando estão fora de casa, os brancos se afeiçoam uns aos outros como nunca aqui.

"Bem, minha sorte nunca durou muito. De repente, sem aviso prévio, tivemos o grande motim. Num mês, a Índia estava tão pacífica como Surrey ou Kent; no mês seguinte, duzentos mil diabos negros estavam soltos, e aquele país se tornara um inferno. Claro que sabem de tudo isso, cavalheiros, muito mais do que eu, já que não gosto muito de leituras. Só sei o que vi com meus próprios olhos. Nossa plantação ficava em um lugar chamado Muttra, perto da fronteira noroeste. Noite após noite, todo o céu estava aceso com os bangalôs em chama. Dia após dia, tínhamos pequenas companhias de europeus passando por nossa propriedade com suas esposas e filhos, a caminho de Agra, onde estavam as tropas mais próximas. O sr. Abel White era um homem obstinado. Ele achava que o caso estava sendo exagerado e que tudo acabaria tão de repente como tinha começado. Ele ficou sentado na varanda, bebendo uísque e fumando charutos, enquanto o país estava em chamas. É claro que ficamos com ele, eu e Dawson, que, com a esposa, fazia a contabilidade. Bem, um belo dia aconteceu um acidente. Eu estivera longe, em uma plantação distante, e estava voltando lentamente a cavalo uma noite quando meus olhos caíram sobre algo amontoado no fundo de um barranco íngreme. Desci para ver o que era e senti o coração apertar quando descobri a esposa de Dawson, retalhada e meio devorada por chacais e cães nativos. Um pouco adiante na estrada, o próprio Dawson estava deitado de bruços, morto, com um revólver vazio na mão e quatro sipais caídos um sobre os outros diante dele. Parei o cavalo, perguntando-me para que lado eu deveria seguir, mas naquele momento vi fumaça que saía do bangalô de Abel White e as chamas começando a irromper pelo telhado. Eu soube então que não poderia ajudar meu empregador, só jogaria minha própria vida fora se me intrometesse no assunto. De onde estava, podia ver centenas de demônios negros, com os paletós vermelhos ainda nas costas, dançando e uivando em volta da casa em chamas. Alguns deles apontaram para mim e balas passaram pela minha cabeça. Então corri pelos campos de arroz até me encontrar a salvo dentro das paredes de Agra.

"Mas também não encontrei grande segurança por lá. O país inteiro estava como um enxame de abelhas. Onde quer que os ingleses conseguissem se reunir em pequenos bandos, eles tentavam apenas conservar o solo que suas armas comandavam. Em todos os outros lugares, eram fugitivos indefesos. Era uma luta de milhões contra centenas, e a parte mais cruel disso era que esses homens contra os quais lutávamos — da infantaria, da cavalaria e da artilharia — eram nossas próprias tropas, a quem tínhamos ensinado e treinado, manuseando nossas próprias armas e tocando nossas próprias cornetas. Em Agra estavam o 3º Regimento de Fuzileiros de Bengala, alguns siques, duas companhias de cavalo e uma bateria de artilharia. Um corpo voluntário de escriturários e comerciantes fora formado, e nele eu ingressei, perna de pau e tudo. Fomos ao encontro dos rebeldes em Shahgunge no início de julho, e os vencemos por um tempo, mas nossa pólvora acabou e tivemos que voltar à cidade.

"Nada além das piores notícias chegavam de todos os lados — o que não é de se admirar, pois se você olhar para o mapa verá que estávamos no coração do motim. Lucknow fica a mais de 160 quilômetros a leste, e Cawnpore mais ou menos o mesmo para o sul. De todos os pontos da bússola, só havia tortura, assassinato e revolta.

"A cidade de Agra é um grande lugar, repleto de fanáticos e adoradores do diabo. Nosso punhado de homens se perdeu entre as ruas estreitas e sinuosas. Nosso líder atravessou o rio e tomou seu posto no velho forte de Agra. Não sei se algum dos senhores já leu ou ouviu alguma coisa sobre esse velho forte. É um lugar muito estranho, o mais estranho em que já estive, e já estive em alguns lugares bem esquisitos. Em primeiro lugar, é enorme. Acho que o recinto tem muitos acres. Há uma parte moderna, que abrigou toda a nossa guarnição, mulheres, crianças, lojas e tudo o mais, ainda com espaço de sobra. Mas a parte moderna não é nada comparada ao tamanho da antiga, aonde ninguém vai, e que está entregue aos escorpiões e às centopeias. É cheia de enormes salões desertos, passagens sinuosas e longos corredores, de modo que é fácil para alguém se perder ali. Por essa razão, raramente alguém entrava lá, embora de vez em quando um grupo tentasse explorar.

"O rio seguia pela frente do velho forte, protegendo-o, mas nas laterais e na parte de trás havia muitas portas, e elas precisavam ser vigiadas, é claro, tanto na parte velha quanto naquela mantida pelas nossas tropas. Estávamos com pouca gente, mal tendo homens suficientes para guarnecer os ângulos da construção e manejar as armas. Era impossível para nós, portanto, colocar uma guarda forte em cada uma das inúmeras entradas. O que fizemos foi organizar uma guarda central no meio do forte e deixar cada portão sob a responsabilidade de um homem branco e dois ou três nativos. Fui selecionado para tomar conta durante certas horas da noite de uma pequena entrada isolada no lado sudoeste. Dois soldados siques foram colocados sob meu comando, e fui instruído para disparar o mosquete caso algo desse errado, quando eu poderia contar com a ajuda imediata da guarda central. Como o guarda estava a duzentos passos de distância, no entanto, e como o espaço entre eles fora cortado em um labirinto de passagens e corredores, eu não sabia se chegariam a tempo de ser de alguma ajuda no caso de um ataque real.

"Bem, eu estava muito orgulhoso de ter recebido esse pequeno comando, já que era um recruta noviço sem uma das pernas. Por duas noites mantive a guarda com meus punjabis. Eram homens altos e de aspecto feroz. Seus nomes eram Mahomet Singh e Abdullah Khan, e ambos eram velhos combatentes que tinham levantado armas contra nós em Chilian Wallah. Falavam inglês muito bem, mas eu conseguia tirar pouco deles. Preferiram ficar juntos e tagarelar a noite toda em seu estranho linguajar sique. Eu costumava ficar do lado de fora do portão, olhando para o rio largo e sinuoso e para as luzes cintilantes da cidade. O bater dos tambores, o barulho dos tantãs e os gritos dos rebeldes embriagados de ópio eram o suficiente para nos lembrar dos perigosos vizinhos do outro lado da água. A cada duas horas, o oficial da noite visitava todos os postos para se certificar de que tudo estava bem.

"A terceira noite do meu turno foi escura e suja, com uma pequena chuva. Era horrível ficar de guarda com aquele tempo. Tentei fazer meus siques falarem, mas sem muito sucesso. A ronda passou às duas da manhã e, por um momento, quebrou o tédio da noite. Ao perceber que meus companheiros não queriam conversar, peguei o cachimbo e posicionei o mosquete para acender o fósforo. Num instante, os dois siques estavam à minha volta. Um deles pegou meu mosquete e o apontou para minha cabeça, enquanto o outro aproximou uma faca do meu pescoço e jurou entre os dentes que me mataria se eu mexesse um dedo.

"Primeiro pensei que aqueles homens estavam de conluio com os rebeldes e que aquele era o início de um ataque. Se a porta estava nas mãos dos sipais, o lugar cairia rapidinho e as mulheres e crianças seriam tratadas como em Kanpur. Os senhores podem pensar que estou apenas tentando me fazer passar por bonzinho, mas dou a minha palavra de que, quando pensei nisso, embora sentisse a ponta da faca na garganta, abri a boca com a intenção de dar um grito, nem que fosse meu último, para avisar a guarda principal. O homem que me segurava pareceu ler meus pensamentos, pois, quando me preparei para fazer isso, ele sussurrou: "Não faça barulho. O forte está seguro. Não há cães rebeldes deste lado do rio." Ele parecia estar dizendo a verdade e eu sabia que, se levantasse a voz, seria um homem morto. Podia ler essa informação nos olhos castanhos do meu companheiro. Eu aguardei, portanto, em silêncio, para ver o que queriam de mim.

"'Ouça, *sahib*', disse o mais alto e mais feroz da dupla, aquele a quem chamavam Abdullah Khan. 'Ou está conosco agora, ou será silenciado para sempre. Isso é grande demais para hesitarmos. Ou está conosco de coração e alma no juramento diante da cruz dos cristãos, ou seu corpo será lançado a uma vala e nós passaremos para nossos irmãos no exército rebelde. Não há meio termo. O que vai ser, morte ou vida? Só podemos dar-lhe três minutos para decidir, pois o tempo está passando, e tudo deve ser feito antes da próxima ronda.'

"'Como posso decidir?', disse eu. 'Ainda não me disseram o que querem de mim. Mas posso dizer que se for algo contra a segurança do forte, não terei nada a ver com isso, então podem me matar.'

"'Não é nada contra o forte', disse ele. 'Só pedimos que faça aquilo que seus compatriotas vieram fazer nesta terra. Pedimos que seja rico. Se for um de nós esta noite, juraremos sobre a faca nua e pelo tríplice juramento que nenhum sique jamais quebrou que você terá sua parte do tesouro. Um quarto será seu. Não podemos dizer mais do que isso.'

"'Mas qual é o tesouro?', perguntei. 'Estou pronto para ser rico, mas me diga como isso pode ser feito.'

"'Jura, então', disse ele, 'pelos ossos do seu pai, pela honra da sua mãe, pela cruz da sua fé, não levantar mão e não dizer uma palavra contra nós, nem agora, nem depois?'

"'Eu juro', respondi, 'desde que o forte não esteja em perigo.'

"'Meu camarada e eu juramos que você terá um quarto do tesouro, que será dividido igualmente entre nós quatro.'

"'Só há três', observei.

"'Não. Dost Akbar terá sua parte. Podemos contar a história enquanto o esperamos. Fique no portão, Mahomet Singh, e avise quando chegarem. A coisa é a seguinte, *sahib*, e digo isso porque sei que um juramento é obrigatório para um forasteiro e que podemos confiar em você. Se fosse um hindu mentiroso, poderia jurar por todos os deuses em seus falsos templos, mas seu sangue estaria na faca, e seu corpo, na água. Mas o sique conhece o inglês, e o inglês conhece o sique. Ouça, então, o que tenho a dizer.'

"'Há um rajá nas províncias do norte que tem muita riqueza, embora suas terras sejam pequenas. Muito veio de seu pai e mais ainda foi conquistado sozinho, pois ele é de natureza baixa e acumula o ouro em vez de gastá-lo. Quando o motim começou, ele quis ser amigo tanto do leão como do tigre — dos sipai e da Companhia. Logo, porém, lhe pareceu que o dia dos homens brancos havia chegado, pois por toda a terra só ouvia falar de sua morte e de sua derrubada. No entanto, como um homem cuidadoso, ele fez planos para que, aconteça o que acontecer, pelo menos metade de seu tesouro ficasse com ele. O que estava em ouro e prata era mantido nos cofres de seu palácio, mas as pedras mais preciosas e as pérolas mais bonitas ele mandou colocar em uma caixa de ferro, que enviou por um servo de confiança que, sob o disfarce de um mercador, deveria levá-la ao forte de Agra, para ali ficar até que a terra estivesse em paz. Assim, se os rebeldes ganhassem, ele teria seu dinheiro, mas, se a Companhia saísse vitoriosa, suas joias estariam a salvo. Com o tesouro dividido, atirou-se para a causa dos sipai, uma vez que eles eram fortes em suas fronteiras. Ao fazer isso, veja, *sahib*, os bens passam a pertencer a quem se manteve fiel à causa.

"'O falso comerciante, viajando com o nome de Achmet, está agora na cidade de Agra e deseja entrar no forte. Ele veio com o meu irmão de criação, Dost Akbar, que conhece o segredo. Dost Akbar prometeu levá-lo a uma porta lateral do forte, e escolheu fazer isso hoje à noite. Em breve, ele estará aqui e encontrará Mahomet Singh e eu esperando por ele. O lugar é solitário e ninguém saberá de sua vinda. O mundo não conhecerá mais o mercador Achmet, mas o grande tesouro do rajá será dividido entre nós. O que me diz, *sahib*?'

"Em Worcestershire, a vida de um homem parece grande e sagrada, mas é muito diferente quando há fogo e sangue por todo lado e você está acostumado a encontrar a morte a cada esquina. A vida ou a morte de Achmet, o mercador, era uma coisa tão leve quanto o ar para mim, mas na conversa sobre o tesouro meu coração se voltou para ele. Pensei no que poderia fazer no velho país com aquela riqueza, em como meu povo me olharia quando visse o vadio voltando com os bolsos cheios de ouro. Eu já tinha, portanto, tomado uma decisão. Abdullah Khan, porém, pensando que eu hesitava, insistiu no assunto.

"'Pense, *sahib*', disse ele, 'que se esse homem for levado pelo comandante, ele será enforcado ou fuzilado, e as joias serão todas levadas pelo governo, de modo que ninguém ficará com nada. Agora, se o pegarmos, por que não deveríamos fazer o resto também? As joias estarão tão bem conosco quanto estariam nos cofres da Companhia. Haverá o suficiente para fazer de cada um de nós homens ricos e grandes chefes. Ninguém pode saber sobre o assunto, pois aqui estamos isolados de todos os homens. O que poderia ser melhor? Diga novamente, então, *sahib*, se está conosco ou se devemos vê-lo como um inimigo.'

"'Estou com vocês de alma e coração', respondi.

"'Muito bem', disse ele, devolvendo-me o mosquete. 'Confiamos em você, pois sua palavra, como a nossa, não pode ser quebrada. Agora só precisamos esperar por meu irmão e pelo comerciante.'

"'Seu irmão sabe o que vai fazer?', perguntei.

"'O plano é dele. Foi ele que o concebeu. Vamos até ao portão e ajudar Mahomet Singh com a vigia.'

"A chuva ainda estava caindo sem parar, pois era o início da estação das chuvas. Nuvens marrons e pesadas estavam à deriva pelo céu, e era difícil enxergar. Havia um fosso profundo diante da nossa porta, mas a água estava quase seca em alguns lugares, e podia ser facilmente atravessada. Foi estranho para mim ficar ali com aqueles dois punjabis selvagens à espera do homem que encontraria a morte.

"De repente, meu olho apanhou o brilho de uma lanterna no outro lado do fosso. Ela desapareceu entre os montes de terra, e depois voltou a aparecer, vindo lentamente em nossa direção.

"'Lá estão eles!', exclamei.

"'Interpele-o, *sahib*, como de costume', sussurrou Abdullah. 'Não lhe dê motivos para ter medo. Mande-nos para dentro com ele, e nós faremos o resto enquanto você fica de guarda. Deixe a lanterna pronta para que possamos ter a certeza de que é realmente o homem.'

"A luz tremeluzia adiante, parando e avançando, até que eu pude enxergar duas figuras escuras do outro lado do fosso. Deixei-os descer pela margem, chapinhar na lama e subir até a metade do caminho até o portão antes de interpelá-los.

"'Quem é?', perguntei em voz baixa.

"'Amigos', veio a resposta.

"Lancei um facho de luz sobre eles. O primeiro era um sique enorme, com uma barba negra que quase chegava à faixa que ele usava na cintura. Nunca tinha visto um homem tão alto fora de um espetáculo. O outro era pequeno, gordo e redondo, com um grande turbante amarelo e um pacote na mão, feito com um xale. Parecia estar com medo, pois suas mãos tremiam como se estivesse com febre e sua cabeça não parava de virar para a esquerda e para a direita com dois olhinhos brilhantes, como um rato quando se aventura para fora da toca. Fiquei arrepiado ao pensar em matá-lo, mas me lembrei do tesouro e meu coração se tornou duro como uma pedra. Quando ele viu meu rosto branco, deu um pequeno cantar de alegria e veio correndo na minha direção.

"'Sua proteção, *sahib*', arfou ele, 'sua proteção para o infeliz comerciante Achmet. Viajei por Rajpootana para buscar abrigo no forte em Agra. Fui roubado, espancado e abusado por ser amigo da Companhia. É uma noite abençoada esta em que me encontro de novo em segurança, eu e meus pobres bens'.

"'O que tem na trouxa?', perguntei.

"'Uma caixa de ferro', respondeu ele, 'com um ou dois pequenos bens familiares sem valor para outras pessoas, mas inestimáveis para mim. Não sou um mendigo, e o recompensarei, jovem *sahib*, e ao seu governador também, se me derem o abrigo que estou pedindo.'

"Não confiava em mim mesmo para falar por mais tempo com o homem. Quanto mais olhava para seu rosto gordo e assustado, mais difícil parecia o assassinato a sangue-frio. Era melhor acabar com aquilo.

"'Levem-no para a guarda principal', disse eu.

"Os dois siques se fecharam sobre ele, e o gigante foi trás, enquanto eles marchavam pelo portão escuro. Nunca um homem foi tão rodeado pela morte. Eu continuei parado na entrada com a lanterna.

"Dava para ouvir os passos pelos corredores solitários. De repente, pararam. Ouvi vozes, uma briga, o som de golpes. Um momento depois, veio, para meu horror, uma correria de passos na minha direção, com a respiração estrondosa de um homem correndo. Virei minha lanterna para a longa passagem e lá estava o homem gordo, correndo feito o vento, com uma mancha de sangue no rosto. Pouco atrás dele, como um tigre, o grande sique de barba preta trazia uma faca na mão. Nunca vi um homem correr tão rápido como aquele pequeno comerciante. Ele estava conseguindo escapar do dique, e eu podia ver que, se passasse por mim, ainda poderia se safar. Meu coração sentiu por ele, mas mais uma vez o pensamento do tesouro me tornou duro e amargo. Passei o mosquete pelas pernas dele enquanto ele passava, e ele rolou duas vezes como um coelho alvejado. Antes que conseguisse ficar de pé, o sique estava sobre ele, e enterrou a faca duas vezes na lateral do corpo. O homem não fez barulho nem mexeu os músculos, simplesmente ficou onde tinha caído. Acho que quebrou o pescoço na queda. Vejam, cavalheiros, que estou cumprindo minha promessa. Estou contando cada detalhe, exatamente como aconteceu, quer seja a meu favor, quer não."

Ele parou e estendeu as mãos algemadas para o uísque que Holmes preparara para ele. Confesso que passara a ter o maior horror do homem, não só pelo sangue-frio com que agira, mas ainda mais pela forma irreverente com que contava a história. Qualquer que fosse o castigo que lhe estivesse reservado, senti que ele poderia esperar nenhuma simpatia da minha parte. Sherlock Holmes e Jones estavam sentados com as mãos sobre os joelhos, profundamente interessados na história, mas com o mesmo nojo nos rostos. Ele pode ter percebido isso, pois havia um toque de rebeldia na voz e na sua maneira de proceder.

— Foi tudo muito ruim, sem dúvida — disse ele. — Gostaria de saber quantos homens no meu lugar teriam recusado uma parte desse tesouro quando soubessem que teriam o pescoço cortado. Além disso, era a minha vida ou a dele quando ele chegou ao forte. Se ele tivesse saído, todo o negócio viria à tona e eu teria sido levado ao tribunal marcial e morto, pois as pessoas não eram muito indulgentes em um momento como esse.

— Continue com a história — disse Holmes.

— Abdullah, Akbar e eu o carregamos. Era bem pesado para o tamanho. Mahomet Singh foi deixado para trás, responsável por guardar a porta. O homenzinho foi levado para um lugar que os siques já tinham preparado. Ficava a certa distância, onde uma passagem sinuosa levava a um grande salão vazio, cujas paredes de tijolo estavam todas desmoronadas. O chão de terra havia cedido em um lugar, fazendo uma sepultura natural, então deixamos Achmet lá depois de cobri-lo com tijolos soltos. Feito isso, voltamos para o tesouro.

"Ele estava onde fora derrubado depois do primeiro ataque. A mesma caixa que agora está aberta sobre a sua mesa. Uma chave estava pendurada por um cordão de seda àquele cabo esculpido na parte superior. Nós a abrimos, e a luz da lanterna brilhou sobre uma coleção de pedras preciosas como eu li e imaginei quando eu era um rapazinho em Pershore. Eram muito brilhantes. Depois de banquetear os olhos, tiramos tudo e fizemos uma análise. Havia 143 diamantes, incluindo um que foi chamado, creio, de "o Grão-Mogol", conhecido como a segunda maior pedra existente. Havia também 97 esmeraldas e 170 rubis, alguns dos quais, no entanto, eram pequenos. Havia quarenta carbúnculos, 210 safiras, 71 ágatas e uma grande quantidade de berilos, ônix, olhos de gato, turquesas e outras pedras cujos nomes eu não conhecia na época, embora tenha me tornado mais familiarizado com elas desde então. Além disso, havia quase trezentas pérolas muito finas, doze das quais estavam colocadas num diadema de ouro. A propósito, essas foram retiradas do baú, e não estavam lá quando o recuperei.

"Depois contarmos nossos tesouros, pusemos tudo de volta no baú e o levamos à entrada para mostrar a Mahomet Singh. Renovamos solenemente nosso juramento de estarmos uns ao lado dos outros e sermos fiéis ao nosso segredo. Concordamos em esconder o saque em um lugar seguro até que o país estivesse novamente em paz, e depois dividiríamos tudo igualmente. Não adiantava dividi-lo no momento, pois se joias de tal valor fossem encontradas conosco, causaria suspeitas, e não havia privacidade no forte nem em nenhum lugar para guardá-las. Levamos a caixa, portanto, para o mesmo salão onde tínhamos enterrado o corpo e lá, sob certos tijolos da parede mais bem conservada, fizemos um buraco e escondemos o tesouro. Tomamos nota do local e, no dia seguinte, desenhei quatro mapas, um para cada um de nós, e coloquei o signo dos quatro embaixo, pois tínhamos jurado que cada um de nós agiria sempre em benefício do grupo, para que nenhum pudesse tirar proveito dos outros. É uma promessa que posso colocar a mão no coração e jurar que nunca quebrei.

"Bem, não vale a pena contar o que aconteceu com o motim indiano. Depois que Wilson tomou Delhi e sir Colin substituiu Lucknow, a base da revolução foi quebrada. Chegaram novas tropas e Nana Sahib despareceu além da fronteira. Uma coluna móvel sob o comando do coronel Greathed veio a Agra e afastou os pandies de lá. A paz parecia se instalar pelo país, e nós quatro começávamos a sentir a proximidade do momento em que poderíamos pegar com segurança nossa parte do saque. Nossas esperanças, porém, foram por água abaixo quando fomos presos como assassinos de Achmet.

"Quando o rajá colocou as joias nas mãos de Achmet, ele sabia que era um homem de confiança. No entanto, as pessoas do leste são muito desconfiadas. Então o que faz esse rajá, senão colocar um segundo servo, ainda mais confiável, como espião do primeiro? O segundo homem recebeu ordens para nunca perder Achmet de vista, e ele o seguiu como uma sombra. Ele o viu passar pela porta. Ele pensou que o homem tinha se refugiado no forte e pediu a admissão lá no dia seguinte, mas não encontrou nenhum vestígio de Achmet. Isso lhe pareceu tão estranho que ele falou com um sargento, que levou o problema aos ouvidos do comandante. Uma busca detalhada foi feita e o corpo foi descoberto. Assim, quando pensávamos que tudo estava seguro, fomos apreendidos e levados a julgamento sob a acusação de homicídio, três de nós porque tínhamos guardado o portão naquela noite, e o quarto porque sabiam que ele viajava como companhia do assassinado. Nem uma palavra sobre as joias foi dita no julgamento, pois o rajá havia sido deposto e expulso da Índia. Ninguém tinha qualquer interesse por elas. O assassinato, no entanto, fora cometido, e era certo que todos nós tínhamos um dedo nele. Os três siques foram condenados à prisão perpétua e eu fui condenado à morte, embora minha sentença tenha sido comutada à mesma que a dos outros.

"Era uma posição estranha. Lá estávamos nós quatro, amarrados pela perna e com poucas chances de voltar a sair dali, guardando um segredo que poderia colocar cada um de nós em um palácio se pudéssemos fazer uso dele. Era de enlouquecer ter que suportar os pontapés e os socos de cada insolente, viver a arroz e água, quando aquela linda fortuna estava à nossa espera, aguardando para ser pega. Pode ter me enlouquecido, mas sempre fui muito teimoso. Por isso, aguentei e esperei o melhor momento.

"A hora pareceu chegar. Fui transferido de Agra para Madras, e de lá para a ilha Blair nas ilhas Andamão. Há pouquíssimos condenados brancos nesse assentamento e, como eu tinha me comportado bem desde o início, logo me encontrei como uma espécie de pessoa privilegiada. Deram-me uma cabana em Hope Town, que é um lugar pequeno nas encostas do monte Harriet, e fui deixado por minha própria conta. Era um lugar sombrio, cheio de casos de febre, e tudo além de nossas pequenas clareiras estava infestado de nativos canibais selvagens prontos para soprar um dardo envenenado contra nós se tivessem uma chance. Nosso trabalho era escavar, abrir valas e fazer uma dúzia de outras coisas, então passávamos o dia ocupados, embora à noite tivéssemos um pouco de tempo para nós mesmos. Entre outras coisas, aprendi a preparar medicamentos para um cirurgião. Absorvi um pouco do conhecimento dele. Por todo o tempo, fiquei à procura de uma oportunidade de fuga, mas eu estava a centenas de quilômetros de qualquer outro lugar e havia pouco ou nenhum vento naqueles mares, então não era fácil.

"O cirurgião, dr. Somerton, era um jovem rápido e razoável, e os outros jovens oficiais costumavam se reunir no alojamento dele à noite para jogar cartas. A sala de cirurgia, onde eu preparava minhas drogas, ficava ao lado da sala de estar, com uma pequena janela entre nós. Muitas vezes, quando eu me sentia só, apagava a lâmpada na sala de cirurgia e ficava ali, onde podia ouvir a conversa e ver o jogo. Eu gosto muito de cartas, e aquilo era quase tão bom quanto jogar. Estavam lá o major Sholto, o capitão Morstan e o tenente Bromley Brown, que estavam no comando das tropas nativas, além do próprio cirurgião e de dois ou três funcionários da prisão, mãos velhas e astuciosas que jogavam com muita segurança. Eram um grupo muito agradável.

"Logo percebi uma coisa: os soldados costumavam sempre perder, e os civis, ganhar. Não digo que tenha havido algo injusto, mas era o que acontecia. Os rapazes da prisão não faziam muito além de jogar cartas desde que haviam chegado nas ilhas Andamão. Eles conheciam o jogo um do outro de cor, enquanto os outros jogavam apenas para passar o tempo e baixavam as cartas de qualquer maneira. Noite após noite, os soldados saíam dali mais pobres e, quanto mais pobres ficavam, mais tinham vontade de jogar. O major Sholto foi o mais atingido. Ele costumava jogar com notas e ouro no começo, mas logo chegou a notas promissórias de grandes somas. Às vezes ganhava algumas partidas, ficava até animado, mas então a sorte se punha contra ele mais do que nunca. Passava o dia perambulando sem rumo, deprimido, e passara a beber mais do que devia.

"Certa noite, ele perdeu ainda mais do que o habitual. Eu estava sentado na minha cabana quando ele e o capitão Morstan passaram a caminho dos alojamentos. Eram grandes amigos, aqueles dois, e nunca se separavam. O major falava sobre suas perdas.

"'Está tudo acabado, Morstan', dizia ele ao passarem pela minha cabana. 'Vou ter que me aposentar. Sou um homem arruinado.'

"'Que besteira, velho amigo!', disse o outro, dando-lhe uma palmada no ombro. 'Eu também sofri um grande prejuízo, mas...'

"Foi só o que consegui ouvir, mas foi o bastante para me fazer pensar.

"Alguns dias depois, o major Sholto estava passeando na praia, por isso, aproveitei a oportunidade para falar com ele.

"'Preciso de um conselho, major', disse eu.

"'Bem, Small, o que foi?', perguntou ele, tirando o charuto dos lábios.

"'Queria perguntar, senhor, quem é a pessoa adequada a quem um tesouro escondido deveria ser entregue. Eu sei o paradeiro de meio milhão e, como não posso usá-lo, pensei que talvez a melhor coisa a fazer seria entregá-lo às autoridades competentes e, então, talvez me reduzissem a pena.'

"'Meio milhão, Small?', arfou ele, olhando para mim, como se não soubesse se eu falava a verdade.

"'Sim, senhor... em joias e pérolas. Está lá, pronto para qualquer um. E o mais estranho é que o verdadeiro dono é proscrito e não pode deter a propriedade, de modo que ela pertence a quem chegar primeiro.'

"'Ao go-governo, Small', gaguejou ele. 'Ao governo.' Mas ele disse isso de uma forma hesitante, e eu sabia que o tinha apanhado.

"'Acha então, senhor, que devo dar a informação ao governador-geral?', perguntei calmamente.

"'Não deve fazer nada precipitado ou de que vá se arrepender depois. Fale mais sobre isso, Small. Conte-me os fatos.'

"Contei-lhe a história toda, com pequenas mudanças para que ele não pudesse identificar os locais. Quando terminei, ele ficou parado, imerso em pensamentos. Podia ver pelo tremer de seu lábio que havia uma luta dentro dele.

"'Esse é um assunto muito importante, Small', disse ele, finalmente. 'Não diga uma palavra a ninguém sobre isso, e eu o verei novamente em breve.'

"Duas noites depois, ele e seu amigo capitão Morstan vieram à minha cabana na calada da noite com uma lanterna.

"'Quero que conte essa história para o capitão Morstan, Small', disse ele.

"Eu repeti tudo.

"'Parece verdade, não parece?', disse ele. 'É bom o suficiente para agir?'

"O capitão Morstan acenou com a cabeça.

"'Veja bem, Small', disse o major. 'Nós conversamos sobre isso, meu amigo aqui e eu, e chegamos à conclusão de que esse seu segredo não é assunto para o governo, mas sim uma preocupação privada sua, de que, é claro, você pode se desfazer como achar melhor. A questão é: que preço você pediria por isso? Podemos estar inclinados a aceitar e, pelo menos, analisar a situação, se pudermos concordar quanto aos termos.'

"Ele tentou falar de uma maneira fria e despreocupada, mas seus olhos brilhavam de ganância.

"'Ora, sobre isso, senhores', respondi, tentando também parecer calmo, mas me sentindo tão empolgado quanto ele, 'só há uma barganha que um homem na minha posição pode fazer. Quero que me ajudem a ter minha liberdade e que ajudem meus três companheiros a terem a deles. Com isso, entrarão na parceria e receberão um quinto para dividir entre si.'

"'Hum!', disse ele. 'Um quinto! Isso não é muito tentador.'

"'Seriam cinquenta mil cada um', disse eu.

"'Mas como podemos libertar você? Sabe muito bem que é impossível.'

"'Nada disso', respondi. 'Pensei em tudo até o último detalhe. O único obstáculo para nossa fuga é não termos um barco para a viagem e nenhuma provisão para uma viagem longa. Há muitos pequenos iates em Calcutá ou Madras. Qualquer um serviria bem para nós. Tragam um. Embarcaremos à noite e, se vocês nos deixarem em qualquer parte da costa indiana, terão cumprido sua parte no acordo.'

"'Se fosse só um...', disse ele.

"'Nenhum ou todos', respondi. 'Nós juramos. Nós quatro devemos agir sempre juntos.'

"'Veja, Morstan', disse ele. 'Small é um homem de palavra. Ele não trai os amigos. Acho que podemos muito bem confiar nele.'

"'É um negócio sujo', respondeu o outro. 'No entanto, como você diz, o dinheiro pouparia muito bem as nossas comissões.'

"'Bem, Small', disse o major, 'devemos, suponho, tentar ajudá-lo. Temos primeiro, é claro, que testar a verdade da sua história. Diga onde está escondida a caixa, e pedirei uma licença para ir à Índia no barco mensal de socorro para investigar o caso.'

"'Vamos com calma', disse eu, mais frio à medida que eles esquentavam. 'Preciso do consentimento dos meus três companheiros. É como eu disse: os quatro ou nenhum.'

"'Besteira!', ele gritou. 'O que três negros podem ter a ver com nosso acordo?'

"'Preto ou azul', respondi, 'eles estão comigo, e estamos todos juntos.'

"Bem, o assunto terminou em uma segunda reunião, em que Mahomet

Singh, Abdullah Khan e Dost Akbar estavam presentes. Discutimos novamente e chegamos a um acordo. Daríamos aos dois oficiais os mapas que marcavam o lugar onde o tesouro estava escondido. O major Sholto iria até a Índia para comprovar nossa história. Se ele encontrasse a caixa, deveria deixá-la lá e enviar um pequeno iate provisionado para uma viagem ao largo da ilha de Rutland, para onde iríamos, e voltar às suas funções. O capitão Morstan solicitaria então uma licença para se encontrar conosco em Agra, onde faríamos uma divisão final do tesouro, ele tomando a parte do major, assim como a própria. Selamos tudo isso com os juramentos mais solenes que a mente pode pensar ou os lábios proferir. Passei a noite acordado. Pela manhã, já tinha os dois mapas prontos, assinados com o signo dos quatro: isto é, de Abdullah, Akbar, Mahomet e eu.

"Bem, senhores, já os cansei com minha longa história. Sei que meu amigo sr. Jones está impaciente para me levar em segurança para a cadeia. Resumirei o resto como puder. O vilão do Sholto partiu para a Índia, mas nunca voltou. O capitão Morstan me mostrou o nome dele na lista de passageiros de um dos barcos de correio pouco tempo depois. O tio dele tinha morrido, deixando-lhe uma fortuna, e ele abandonara o Exército. Morstan foi a Agra pouco depois e descobriu, como esperávamos, que o tesouro havia desaparecido. O canalha tinha roubado tudo, sem cumprir nenhuma das condições que tínhamos estabelecido em segredo. A partir de então, vivi apenas pela vingança. Pensava nisso dia e noite. Tornou-se uma paixão avassaladora que me absorveu. Eu não me importava com a lei nem com a forca. Escapar, encontrar Sholto, colocar as mãos no pescoço dele — eram minha única preocupação. Até o tesouro de Agra se tornara menor do que o assassinato de Sholto em minha mente.

"Bem, nunca deixei de realizar alguma coisa na vida. Mas anos se passaram antes que eu tivesse uma chance. Eu disse que tinha aprendido uma coisa ou outra de medicina. Um dia, quando o dr. Somerton estava com febre, um pequeno ilhéu de Andamão foi apanhado por um bando de condenados no bosque. Ele estava agonizando e tinha ido para um lugar solitário para morrer. Tomei-o nos braços, embora ele fosse venenoso como uma cobra. Depois de alguns meses, deixei-o bem e capaz de andar.

Ele se apegou a mim e mal voltava para a floresta, mas estava sempre pendurado na minha barraca. Aprendi um pouco de sua linguagem, e isso fez com que se apegasse ainda mais.

"Tonga, pois era esse seu nome, era um bom barqueiro, e tinha uma canoa grande e espaçosa. Quando percebi que ele era dedicado a mim e que faria qualquer coisa para me servir, vi ali minha chance de escapar. Falei com ele. Ele levaria o barco em uma certa noite até um velho cais que nunca fora guardado, e lá poderia me pegar. Dei-lhe instruções para guardar várias cabaças de água e muitos inhames, castanhas, cacau e batata-doce.

"Ele era leal e verdadeiro, o pequeno Tonga. Um homem nunca teve um companheiro mais fiel. Na noite combinada, o barco estava no cais. No entanto, quando cheguei, vi um dos guardas lá embaixo, um vil *pathan* que nunca perdera uma oportunidade de me insultar. Sempre havia jurado vingança e agora tinha minha oportunidade. Era como se o destino o tivesse colocado no meu caminho para que eu pudesse pagar essa dívida antes de sair da ilha. Ele estava de costas para mim, com a carabina no ombro. Procurei por uma pedra para bater em sua cabeça, mas não encontrei nenhuma. Então um pensamento estranho dominou minha cabeça e me mostrou onde eu poderia arrumar uma arma. Sentei-me na escuridão e desamarrei a perna de pau. Com três longos pulos, eu estava em cima dele. Ele pôs a carabina no ombro, mas eu o acertei em cheio na testa. Podem ver na madeira a fenda feita pelo golpe. Nós caímos juntos, pois não consegui manter o equilíbrio. Quando me levantei, encontrei-o ainda no chão. Rumei para o barco e, em uma hora, estávamos no mar. Tonga trouxera consigo todos os seus bens, suas armas e seus deuses. Entre outras coisas, ele tinha uma longa lança de bambu e uma espécie de tapete de fibras, com que fiz uma vela. Navegamos a esmo durante dez dias, confiando na sorte. No décimo primeiro, fomos encontrados por um comerciante que estava indo de Cingapura a Jiddah com uma carga de peregrinos malaios. Eram uma estranha multidão, e Tonga e eu logo conseguimos nos encaixar. Tinham uma qualidade muito boa: deixaram a gente em paz e não fizeram perguntas.

"Bem, se eu contasse todas as aventuras por que eu e meu amiguinho passamos, você não me agradeceria, pois ficaríamos aqui até o sol raiar. Ficamos à deriva pelo mundo, alguma coisa sempre nos mantendo afastados de Londres. No entanto, nunca perdi meu propósito de vista. Eu sonhava com Sholto todas as noites. Cheguei a matá-lo centenas de vezes enquanto dormia. Finalmente, há cerca de três ou quatro anos, nos encontramos na Inglaterra. Não tive dificuldade em encontrar onde morava, e me pus a trabalhar para descobrir se ele tinha gastado o tesouro ou se ainda o tinha. Fiz amizade com alguém que podia me ajudar — não darei nomes, não quero meter mais ninguém em apuros —, e logo descobri que ele ainda estava com as joias. Então tentei chegar até ele de muitas maneiras, mas ele era escorregadio e tinha sempre um guarda-costas consigo, além dos filhos e do criado indiano.

"Um dia, no entanto, descobri que ele estava à beira da morte. Corri para o jardim, louco pela possibilidade de vê-lo escapar pelas minhas garras. Olhando pela janela, vi-o deitado na cama com um filho de cada lado. Pensei em entrar e arriscar uma briga com os três, mas, quando olhou para mim, sua mandíbula caiu e eu soube que ele já não estava mais entre nós. Entrei no quarto naquela mesma noite e procurei entre seus papéis para ver se havia algum registro do esconderijo das joias. Não havia nada, então fui embora, amargo e selvagem. Antes de partir, pensei que, se voltasse a encontrar meus amigos sique, seria uma satisfação saber que tinha deixado uma marca de nosso ódio, por isso rabisquei o signo de nós quatro da mesma forma que estava no mapa, e espetei-o no peito do homem. Não queria que ele fosse levado para a sepultura sem um sinal dos homens que ele havia roubado e enganado.

"Nesse momento, ganhávamos a vida expondo o pobre Tonga em feiras e outros lugares como o canibal negro. Ele comia carne crua e dançava sua dança de guerra, então tínhamos sempre um chapéu cheio de tostões depois de um dia de trabalho. Ainda acompanhava todas as notícias de Pondicherry Lodge e, durante anos, não houve notícias promissoras, exceto que estavam à caça do tesouro. Finalmente, porém, veio o que estávamos esperando: o tesouro havia sido encontrado. Estava no telhado da casa, no laboratório químico do sr. Bartholomew Sholto. Corri até o local, mas não consegui encontrar uma forma de levar minha perna de pau até lá. Descobri, porém, que havia um alçapão no telhado. Também informei-me da hora de jantar do sr. Sholto. Pensei que conseguiria fazer tudo facilmente com a ajuda de Tonga. Levei-o comigo com uma longa corda presa à cintura. Ele escalava como um gato e logo abriu caminho pelo telhado. Mas, por má sorte, Bartholomew Sholto ainda estava no cômodo. Tonga pensou que tinha agido de modo muito inteligente ao matá-lo, pois, quando cheguei lá, encontrei-o se pavoneando de orgulho. Ficou muito surpreso quando o ataquei com a ponta da corda e o xinguei de pequeno demônio sedento por sangue. Peguei a caixa do tesouro e a desci, depois fui atrás, não antes de deixar o signo dos quatro sobre a mesa — para mostrar que as joias tinham voltado para quem tinha direito a elas. Tonga então puxou a corda, fechou a janela e saiu pelo caminho por onde tinha entrado.

"Não sei se tenho mais alguma coisa para dizer. Ouvi um marinheiro falar sobre a velocidade do barco *Aurora* de Smith, então pensei que seria útil para nossa fuga. Fiz um acordo com o velho Smith: eu lhe entregaria uma grande quantia se ele nos levasse a salvo para nosso navio. Ele sabia, sem dúvida, que havia algo de errado ali, mas não sabia o quê. Tudo o que contei é verdade e, se estou contando, cavalheiros, não é para diverti-los — pois não tenho por que gostar dos senhores —, mas porque acredito que a melhor defesa que posso apresentar é não esconder nada. Que o mundo saiba como fui enganado pelo major Sholto e como sou inocente da morte do filho dele."

— Um relato notável — disse Sherlock Holmes. — Um ótimo desfecho para um caso extremamente interessante. Não há nada de novo para mim na última parte da narrativa, exceto que você levou a própria corda. Disso eu não sabia. A propósito, eu esperava que Tonga tivesse perdido todos os dardos, mas ele ainda conseguiu atirar um em nós quando estávamos no barco.

— Ele perdeu, senhor, exceto por um que ficou na zarabatana.

— Ah, é claro — falou Holmes. — Não tinha pensado nisso.

— Gostaria de saber sobre algum outro ponto? — perguntou o condenado.

— Acho que não, obrigado — respondeu meu companheiro.

— Bem, Holmes — disse Athelney Jones —, o senhor é um homem a quem devo favores, e todos sabemos que é um conhecedor do crime, mas dever é dever, e já fui bastante longe ao fazer o que o senhor e seu amigo me pediram. Vou me sentir mais à vontade quando pusermos nosso contador de histórias atrás das grades. A carruagem está à espera, e há dois inspetores lá em baixo. Sou muito grato a ambos pela sua ajuda. Claro que precisarão comparecer ao julgamento. Boa noite.

— Boa noite, cavalheiros — disse Jonathan Small.

— Vá na frente, Small — falou o desconfiado Jones ao saírem da sala. — Tomarei cuidado para que não me bata com a perna de pau, como fez com o homem nas ilhas Andamão.

— Bem, aí está o fim do nosso pequeno drama — comentei depois de termos passado algum tempo fumando em silêncio. — Receio que possa ser a última investigação em que terei a oportunidade de estudar seus métodos. A srta. Morstan deu-me a honra de me aceitar como futuro marido.

Sherlock gemeu.

— Era o que temia — disse ele. — Não posso dar os parabéns.

Fiquei magoado.

— Tem algum motivo para ficar insatisfeito com a minha escolha? — perguntei.

— De forma alguma. Acho que ela é uma das jovens mais encantadoras que já conheci, e poderia ter sido muito útil em um trabalho como o nosso. Ela tem um gênio claro para esse campo, veja como ela preservou o mapa de Agra encontrado entre os documentos do pai. Mas o amor é uma coisa emocional, e o que é emocional é oposto à razão, que coloco acima de todas as coisas. Nunca pretendo me casar para não distorcer o meu julgamento.

— Acredito — disse eu, rindo — que meu julgamento possa sobreviver à provação. Mas você parece exausto.

— Sim, a reação já está sobre mim. Vou passar uma semana meio morto.

— Estranho como intercala períodos de preguiça com ataques de energia e vigor esplêndidos.

— Sim — respondeu ele. — Há em mim a mistura de um vagabundo e de um homem vigoroso. Penso muito em uma frase do velho Goethe... "*Schade dass die Natur nur einen Mensch aus Dir schuf, denn zum würdigen Mann war und zum Schelmen der Stoff.*" A propósito, nesse caso de Norwood, veja como tinham, como supus, uma fonte dentro da casa, que não podia ser outra senão Lal Rao, o mordomo. Jones tem, então, a honra de ter pescado um peixe em sua grande rede.

— A divisão parece injusta — comentei. — Você fez todo o trabalho. Eu consigo uma esposa, Jones fica com o mérito... O que sobra para você?

— Para mim? — disse Sherlock Holmes. —Para mim, sobra a cocaína.

E estendeu sua longa mão branca em direção a ela.